10,90

ALEXANDER KRÖGER

Die Mücke Julia

9 SF-Stories

Printed in Czech Republic 1996
Umschlagsgestaltung: Regia-Verlag Cottbus
Gesamtherstellung: Těšínská tiskárna, a. s., Český Těšín

ISBN 3-9804867-2-9

Das Mal

Das flaue Gefühl in meiner Magengegend verstärkte sich, als vorn im Jet das Leuchtschild forderte: „Bitte anschnallen, das Rauchen einstellen!“ Wenig später verkündete eine unsichtbare Stewardeß, der Kapitän bedanke sich, wir würden in wenigen Minuten landen, es herrschten siebenundzwanzig Grad Celsius im Schatten, und sie wünsche uns im Namen der gesamten Crew einen guten Aufenthalt. Das Übliche.

Doktor Deutlos neben mir starrte mit verdrehtem Hals durch das Bullauge, um trotz der sichtversperrenden Tragfläche nichts auf der braunen, flirrigen Ebene unten zu verpassen. Gleichzeitig fingerte er nervös an seiner Kleidung, ob sich wohl für die Einreise nachher Paß, Zollerklärung und andere Papierchen griffbereit an ihrem Platz befänden.

Aber weder der näher rückende Zoll – warum auch – noch die niedersinkende Maschine verursachten in mir das Spannungskribbeln. Es war jene Erwartung, die sich stets an dem Ort einstellt, an dem man sich vor Zeiten einmal aufhielt, sich Bilder eingeprägt hatten – eingeritzt wie mit einem Stahlgriffel –, Bilder, die niemand und nichts würde löschen können, die man heute mit großem Abstand und verbrämender Erinnerungspatina rundherum schön empfindet. Und die unten vorbeihuschenden Fetzen der ärmlichen, sonnengedörrten Umgebung der Hauptstadt, die schütteren Büsche, zu vier Fünfteln ausgetrocknete Rinnsale und die niedrigen hellen Häuser der Dörfer zauberten diese Bilder in mich hinein, von denen ich hoffte, daß ihre Konturen wenigstens, ihre Rahmen vielleicht nur wiedererstehen könnten, daß irgend etwas geschehen möge, das anheimelte... Und dieses Hoffen, weit, weit Zurückliegendes möge wieder greifbar werden, gleichzeitig aber die Furcht, es könne tatsächlich geschehen, bestimmten dieses ungewisse, merkwürdige Gefühl in mir.

Natürlich sagte ich mir hundertmal, das alles sei Unsinn.

Zweitausend Jahre! Niemals würde es gelingen, über eine solche Spanne auch nur annähernd Authentisches zu erhalten, zumal niemand zu sagen vermochte, ob das Land, dessen Gäste wir sein würden, überhaupt mit jenem, das meine Erinnerung plagte, identisch sei. Wenn, dann würde ich das Vergangene nur in den Menschen wieder entdecken können; denn in unserem innersten Wesen ändern wir uns nur langsam, äußerst langsam. Da finden Umbrüche, Revolutionen statt, man verändert das soziale Umfeld und setzt die Hoffnung, daß sich der Mensch ändere, bessere... Freilich, was in Jahrhunderten entstanden, ist in Dekaden nicht zu löschen. Dennoch, die Gesellschaft breitet ihre Vorzüge vor dir aus. Du nimmst, willst sie nicht, wählst allenfalls aus, mäkelst. Die meisten Leute jedoch sind folgsam, ordnen sich ein – nach außen. Das Wesen Mensch aber tobt sich in seinen vier Wänden aus. Und wo das Normenband locker ist oder so erscheint, dort bricht Gewalt hindurch, wird Leid erzeugt – wie vor tausend Jahren. Nun, Motive können sich zwar ändern, aber der Tatbestand..? Doch Hoffnung ist schon! Hätten wir sie nicht, leugneten wir das Gute, das zweifelsfrei ebenfalls in uns steckt. Aber bestimmt entwickelt sich dieses wesentlich langsamer als unser nährendes Umfeld...

Kurzum – für mich Grund genug zu folgern, daß in den Menschen, denen ich begegnen würde, am ehesten Bekanntes, Vertrautes wieder zu entdecken wäre, zumal es in diesen Landstrichen tiefgreifende Umwälzungen nicht gegeben, sich Altes, Traditionelles über Jahrhunderte erhalten hatte. Was Wunder also, daß ich bereits in der Halle des Flughafens ungebührlich lange in Gesichter blickte, vor allem in Frauengesichter, daß ich dieser oder jener Schönheit nachsah, als sei ich ein Lüstling, ich mich Deutlos und den Einreiseriten gegenüber unaufmerksam verhielt. Bis jener unerwartet bemerkte: „Kein Wunder, daß sich Ihre Frau hat scheiden lassen, wenn Sie so hinter jedem Rock oder Po her stieren. Nehmen Sie sich zusammen, Mann! Passen Sie lieber mit auf, daß wir den entdecken, der uns abholen soll!" Letzteres war wieder ganz Deutlos.

Natürlich hatte er recht. Wir reisten schließlich in wichtiger

Mission. Es ging um Öl und damit um eine Menge Geld und nicht darum, Erinnerungen nachzuhängen, Gesichter zu studieren, Unwahrscheinliches entdecken zu wollen. Doch eines wußte ich auch ganz genau: Abstellen ließ sich das in mir nicht. Aber am Riemen reißen mußte ich mich! Nein, was einen so tief beeindruckt und erst – ich rechnete gedanklich nach – vor vier Monaten für mich seinen Abschluß gefunden hatte, das vergißt man nicht, das ist greifbar gegenwärtig trotz bevorstehender, vielleicht schwieriger Verhandlungen und des notwendigen Auf-der-Hut-Seins in fremden Landen.

Daß meine Frau die Scheidung wollte – nun ja, vielleicht hätte ich nicht ganz so ehrlich sein sollen. Aber schließlich war es darum gegangen, meine dreiwöchige Abwesenheit, mein plötzliches Verschwinden, zu erklären. Das mache einer Frau als harmlos plausibel. Und Traudich durfte ich nicht bloßstellen. Himmel, wie konnte ich mich auf so etwas überhaupt einlassen! Glücklicherweise, wahrscheinlich weil noch zu frisch und daher nicht herumgesprochen, hatte die Scheidung keinen Einfluß auf das Reisegenehmigungsverfahren. Hätte Deutlos zu entscheiden gehabt, ich weiß nicht... Wir sind ein seriöses Unternehmen. Seine Bemerkung vorhin...

„Sie träumen ja schon wieder, Mann!" Deutlos kritisierte mich abermals, jetzt bereits in ungehaltenem Ton. „Ob die uns meint?" fragte er dann jedoch aufmerksam werdend und deutete mit einem Kopfnicken durch die Glasscheibe in die Vorhalle des Flughafengebäudes.

Oh, dachte ich sofort. Wäre das eine Freude, wenn mein Begleiter recht behielte!

Hinter der durchsichtigen Wand stand eine äußerst attraktive junge Dame mit dunklem Teint und schwarzem Haar, das sie, landesüblich, locker hochgesteckt trug – mit einem großen, verzierten metallischen Kamm darin. Die mit dem Stift leicht hervorgehobene Mandelform der Augen – die sicher auch dunkel waren, aber das ließ sich bei der diffusen Beleuchtung auf der Entfernung nicht ausmachen – betonten das Lächeln des schmalen Mundes, das außerdem eine Reihe fliesenweißer Zähne blinken ließ. Ich habe eine Schwäche für gute Zähne... Mein Blick ging, verstohlen, wie ich glaubte, ihren Körper hinab. Ich muß schon sagen! Und abermals dachte ich: Hoffentlich bewahrheitet sich Deutlos' Vermutung.

Sie tat es.

Deutlos begann heftig vor der Scheibe zu gestikulieren. Lautmalend verdeutlichte ihr schöner Mund: „Berlin..?“ Und dann meinte ich, ihre Lippen formten unsere Namen. Oja, das Unternehmen ließ sich gut an!

Im Grunde war die Reise für mich ein Geschenk. Deutlos, der Handelsmanager, brauchte einen Fachmann – für alle Fälle. So wurde ich beigegeben. Natürlich freute ich mich darüber, wenngleich mir Deutlos nicht sonderlich sympathisch war. Aber nun schien alles noch in ein strahlendes Licht zu geraten...

Eine ausholende Armbewegung der Erscheinung hinter der Scheibe wies uns in die Zollgasse, die wir hastig und völlig unangefochten passierten.

Und dann stand sie wahrhaftig vor uns, ein einziges herzliches Willkommen, und – wenige Worte genügten – sie erwartete tatsächlich uns, Deutlos und mich.

Nun will ich nicht sagen, ich sei einer, der auf jedes hübsche Gesicht, auf jede gut proportionierte Figur hemmungslos fliegt. Natürlich schaue ich mir etwas Schönes gern an, wer tut es nicht. Und ich finde, jede Tätigkeit wird angenehmer, wenn man sie gemeinsam mit Menschen, die einem gefallen – auch von Aussehen her –, verrichtet. Nun muß ein schöner Mensch bei weitem noch kein angenehmer sein. Aber meist entwickeln sich zu Leuten, die einem ringsherum zusagen, a priori andere, freundlichere Gefühle – und wenn sie einseitig sind! Besser ist es natürlich, sie werden erwidert.

Kurzum, Alla – sie stellte sich nur mit diesem ihrem Vornamen vor – war nicht nur ausgesprochen schön, sondern schien außerdem sehr angenehm und klug zu sein, Eigenschaften also, die mich sofort für sie einnahmen. Und wäre ich ihr nicht unsympathisch... Oje – ich spürte schon, daß es mir verdammt schwerfallen würde, die Instruktion einzuhalten. Aber natürlich war ich ein disziplinierter Mensch. Erstens wußte ich, was mit dem Dienstauftrag auf dem Spiele stand, zweitens war ich eben nicht so einer, und drittens schließlich war die Situation damals vor rund zweitausend Jahren eine gänzlich andere. Also – würde ich mich lediglich verstohlen an ihrer Schönheit, ihrem Esprit ergötzen, würde ihrer wohlklingenden Sprache, ihrem lustig akzentuierten Deutsch lauschen und im übrigen an das Öl und die Dollars denken.

Wenn sie nur nicht gar so... Zum Teufel, wem sah sie eigentlich ähnlicher, Auri oder Berka? Fort, fort mit den Bildern, weg mit diesen Gedanken! Mir wurde es siedendheiß. Einen Augenblick stritten in mir Furcht und Sehnen.

Ich riß mich mit Gewalt aus diesen Emotionen, hörte auf Allas Stimme. Sie erläuterte die Strecke, die wir mit dem Taxi zu unserem Hotel fuhren, machte uns vertraut mit den nächsten Programmpunkten, wonach am Anfang eine Art Verhandlungsordnung mit einer einheimischen Expertengruppe abzusprechen war, was genau in unsere Direktive paßte. Später dann, man rechne ungefähr zehn Tage, könnte bei einem Konsens, der seitens der Gastgeber außer Frage stünde – das sagte sie mit einem charmanten, verschmitzten Lächeln – und aus unserer Sicht eigentlich Bedingung war, paraphiert werden. Zur Messe dann würden die Minister die Verträge unterzeichnen, ein üblicher Ritus. Aber sie, Alla, würde uns ständig betreuen, die Sprache mitteln und auch sonst für uns da sein. O Himmel und Hölle!

Deutlos maß dem natürlich keine besondere Bedeutung bei. Wie ich ihn kannte, würde er in freien Stunden analysieren, ein detailliertes Programm für die nächste Sitzungsrunde konzipieren, mich dann kurz vorher informieren oder besser: unterweisen, welches Ziel anzusteuern sei. Ich war, wie gesagt, der sogenannte Experte, der das Technische, Quantitative, das Drumherum zu beachten hatte, war eigentlich in diesem Abschnitt der Verhandlungen überflüssig, nur für alle Fälle beigegeben. Doch man konnte nie wissen! Und von mir würde sich Deutlos ohnehin in sein Konzept nicht hineinreden lassen. Unsere Zeitabläufe neben den Gesprächen würden also völlig unterschiedlich ablaufen, und, das hörte ich von Vorgängern, Freizeit, viel Freizeit würde es geben. Etwa vier Stunden Verhandlung täglich, und nicht vor zehn Uhr begonnen, so würde sich das gestalten.

Schon am nächsten Tag, nach einem kleinen Essen uns zu Ehren, hatten wir am frühen Nachmittag frei. Deutlos – wie anders – wollte die Zeit nutzen, wie er meinte, die Botschaft aufzusuchen und Weiteres vorzubereiten, wie ich mir das gedacht hatte. Und er ließ uns einfach stehen, Alla und mich, nicht ohne mich ermahnt zu haben, daß er am nächsten Tag einen Experten mit klarem Kopf benötige und im übrigen gegen zweiundzwanzig Uhr mit mir noch das Nötige abzusprechen gedenke. Nun, die Bäume würden also nicht in den Himmel wachsen.

Wir bummelten durch die Stadt.

Ich erfuhr, daß Alla Germanistik studiert und ein Praktikum in Wien absolviert habe, daß ihr Vater ein höherer Beamter in Staatsdiensten, die Mutter Hausfrau, ihr Bruder Polizist sei und die Familie vom Lande stamme.

Wo wir gingen und standen, und obwohl ich unter der Hitze litt, versuchte ich neben den Sehenswürdigkeiten der Stadt Alla zu betrachten, unauffällig, wie ich glaubte, aber intensiv zu betrachten – gleichsam unersättlich –, so wie sich das nach so kurzem Bekanntsein keineswegs schickte. Und dabei entschied ich mich, daß sie doch, in ihrer ganzen Art, ihrem Charme und so, wie sie sich gab, Auri ähnlicher war als Berka.

Als ich sie zweimal mit diesem Vornamen angesprochen hatte, wurde sie hellhörig. Wir lehnten an einer Brunneneinfriedung; sie sah mich von der Seite an. „Wie kommen Sie auf den Namen Auri?“ fragte sie.

Irgendwie fühlte ich mich ertappt, wurde sogar ein wenig verlegen. Schließlich konnte es auch hier eine unverzeihliche Sünde sein, sprach man eine Frau mit dem falschen Vornamen an. Ich stammelte also eine Entschuldigung und warf ablenkend eine Münze in das Wasser.

„Ach was!“ entgegnete sie. „Es wundert mich nur ein wenig, wie sie gerade darauf kommen. Auri ist ein sehr alter Name, der heutzutage eigentlich nicht mehr gebräuchlich ist. Auf den Dörfern vielleicht.“

Ich hatte das deutliche Gefühl, mich auf Glatteis zu begeben. Und nichts haßte ich mehr, als offensichtlich zu schwindeln – was mich schließlich auch meine Ehe gekostet hatte. Ich floh in ein linkisches Kompliment, indem ich versicherte, daß ich, sähe ich sie an, das Empfinden von etwas Güldenem hätte. Und in der Tat, ihr Teint, unterstrichen vom lockeren, glänzenden Haar, strahlte – ebenso wie der Auris übrigens – im Sonnenauflicht schon Vergleichbares aus. Und, so fuhr ich fort, Au habe eben etwas mit Gold zu tun – im Periodischen System der Elemente...

Alla lachte belustigt auf, sah mich dabei jedoch an, als zweifle sie gelinde an meinem Verstand.

Es folgten zwei harte Arbeitstage, in denen die Verhandlungen schwer vorankamen. Es ging um leidige Transportprobleme, um verworrene Kompensationsgeschäfte, um Dinge also, ohne die der moderne Handel nicht auskommt, die ihn aber kompliziert machen und belasten. In diesem Stadium war meine intensive Mitwirkung vonnöten, und natürlich setzte ich alles daran, daß wir unser Ziel im Auge behielten. An den Abenden bereitete ich, gemeinsam mit Deutlos natürlich, den nächsten Tag vor, und die Bummeleien und Plaudereien kamen notwendiger- und aus meiner egoistischen Sicht bedauerlicherweise zu kurz.

Dennoch, ich betete die Frau nach wie vor an, und, o Freude, offenbar war ich ihr nicht unsympathisch.

Während der Verhandlungen saß ich am Tisch Alla gegenüber, schaute sie an, wenn sie überlegt und wohlklingend übersetzte. Wann sonst durfte ich dieses schon unbefangen tun! In den wenigen Pausen nutzte ich jede Gelegenheit, in Allas Nähe zu kommen, mit ihr einige Sätze zu wechseln, deren Inhalte oft vom Verhandlungsgegenstand abwichen.

Am vierten Tag wurde eine Teileinigung erzielt; mittags liefen die Gespräche zunächst aus, und die Delegationsleiter zogen sich zum Rapport in ihre übergeordneten Dienststellen zurück, Deutlos in unsere Botschaft, für mich eine unerwartete, höchst willkommene Situation.

Entweder hatte Alla davon gewußt oder diesen Verlauf erahnt. Wie zufällig wies sie, als wir ins Freie traten, auf ein rotes Kabriolett, das vor dem kleinen Bungalow, in dem die Gespräche stattfanden, im Schatten parkte, und sie lud mich zum Einsteigen mit dem Bemerken ein, daß wir uns einen kleinen Ausflug wohl verdient hätten – und ob ich Lust dazu verspürte. Na, und wie ich das tat!

Wir fuhren etwa eine Stunde in südliche Richtung durch eine äußerst kärgliche Landschaft mit überwiegend nackten rötlichen Böden, dürftige Felder nur um die ärmlichen Siedlungen herum; zumeist mit einfacher, eselgetriebener künstlicher Bewässerung. Ich sah gebeugte Menschen, halbnackte Kinder, ausgemergelte Rinder, einige rundliche Schafe auch. Die fanden wohl überall ihre Nahrung.

Sieht man solches bewußt, weiß man zu schätzen, was unsereinem daheim geboten wird, betrachtet vieles, auch das vielleicht oft unbequem oder überflüssig Anmutende, plötzlich in einem ganz anderen Licht. Und ist man wenigstens loyal eingestellt, hat so etwas schon nachhaltige Wirkung! Schade nur, daß nicht alle Menschen so empfinden, und schade auch, daß nicht mehr Gelegenheit haben oder sich nehmen, solches mit eigenen Augen zu sehen, zu erspüren.

Aber an diesem so durch und durch sonnigen Tag hielten bei mir tiefgründige sozial-philosophische Betrachtungen nicht an. Wer sollte mir das verübeln! Blickte ich nach links aus dem Wagen, sah ich im Vordergrund Allas Profil. Sie steuerte souverän und konzentriert, hörte mir dennoch aufmerksam zu, reagierte durch Gesichtsregungen, sicher gewiß, daß ich sie beim Sprechen anschauen würde. Der Fahrtwind spielte in ihrem Haar, das sie an diesem Tag offen trug.

Und nur einmal schien sie mein interessiertes Schauen auf die Armseligkeit ringsumher zu bemerken; denn sie sagte: „Ja, es ist viel zu tun.“ Es klang wie ein Seufzer. „Ich wollte, wir könnten auch dafür von euch importieren, es wäre nützlicher als Maschinen und Optik. Dazu aber fehlen Reife und Tradition...“ Ich sann lange ihren Worten nach...

Langsam veränderte sich die Landschaft. Gärten nahmen zu, Bäume. Dann wechselten Obstplantagen mit niedrigem Buschwald. Die Häuser zeugten von bescheidenem Wohlstand. Die Straße führte mählich bergab.

Später bogen wir in einen Seitenweg, in ein ausgedehntes,

dichtes Eichengebüsch ein und hielten vor einem eisernen Tor. Alla hupte, und alsbald näherte sich von innen ein Uniformierter, der grüßend die Hand hob und öffnete.

Mir wurde es einen Augenblick lang bänglich, weil ich zweifelte, ob ein Ausflug zu einem allem Anschein nach inoffiziellen Objekt mit meiner Reisedirektive in Übereinstimmung gebracht werden könnte.

Als wenn Alla meine Gedanken erahnt hätte! Sie legte mir die Hand auf den Arm und sagte lächelnd: „Keine Angst, man weiß, wo wir sind..."

Uns öffnete sich nach einer Kurve ein großes parkähnliches Gelände, ein wenig verwildert, wie ich es mag. Es wuchsen Bäume unterschiedlicher Arten in Gruppen, und schattige Flekken luden zum Verweilen. Ein weißer, ausgedehnter Flachbau stand da mit einer großen Terrasse davor, eine gepflegte, von Blumenrabatten gesäumte Wiese fiel zu einem Wasser hin ab, einem See mit einer stark alternierenden Uferlinie...

Ich diesen See erblicken, und alle Bilder stürmten wieder auf mich ein. Kein Zweifel, es war jener See, unser See! Ich schaute mich um, sicher auffällig, suchte. Ja, dort, wo dieser profane, weißgetünchte Bungalow jetzt stand, erhob sich vor Zeiten der luftige, filigrane Sommerbau Auris, der Prinzessin! Ich tat einige Schritte darauf zu...

„Was ist mit Ihnen?" fragte Alla, und sie sah mich aufmerksam, gar ein wenig besorgt an.

„Pardon..." murmelte ich, mich zusammenreißend. „Eine Erinnerung, eine absurde..."

Dieses Mal ließ sie sich nicht so einfach abspeisen. Sie sah mich prüfend von der Seite her an: „Sagten Sie nicht, daß Sie sich zum ersten Mal in unserem Land befänden? Und hierher kommt nicht gleich ein jeder..." Sie lächelte.

„Doch, doch..." Aber mein Blick lief das Seeufer entlang. Dort, ja dort hinter dem Busch, müßte der Bootssteg sein...

Je mehr ich aber in mich aufnahm, desto klarer wurde mir, daß es natürlich nicht jener See sein konnte. Und selbst wenn er es wäre: Kein See der Welt, wenn überhaupt noch vorhanden, behält über Jahrtausende eine konstante Uferlinie. Heute, da viele Gewässer sich in ungepflegter Umwelt binnen weniger Jahre bis zur Unkenntlichkeit verändern oder verderben, weiß man das.

Aber dieser See sah jenem ähnlich, verdammt sehr! Vielleicht aber sehen sich in diesem Land alle Seen ähnlich, viele hat es ja nicht.

Da fühlte ich Allas Hand auf der meinen. Ich wandte mich der Frau zu. Was war ich doch für ein Tropf! Ein fast überirdisches Wesen an meiner Seite und ich unaufmerksam wie ein Stück Holz! „In Ihnen geht doch etwas vor!" sagte sie sanft und sah mich abermals prüfend an. „Sie wollen nicht darüber sprechen." Aber eine Frage schwang da mit...

Ich wich ihrem Blick aus. „Es ist nichts", log ich, und ich wußte, schlecht. Deshalb setzte ich rasch hinzu: „Ich glaubte einen Augenblick, einen ähnlichen See schon einmal gesehen zu haben, und es verknüpft sich mit diesem ein Erinnern... Zu dumm, verzeihen Sie!"

„Ein angenehmes..?"

Ich zog die Schultern an. „Wie man es nimmt... O ja, doch! Mit Folgen sogar..."

„Und es bedrückt Sie..." Sie war eben durch und durch Mensch und daher neugierig.

Ich sah sie unschlüssig an.

„Sie möchten nicht darüber sprechen – gut!" Und in völlig verändertem Tonfall fuhr sie fort: „Man hat einen kleinen Imbiß vorbereitet, kommen Sie!" Sie hatte noch immer ihre Hand in der meinen – erst jetzt spürte ich die Wärme und den leichten, und ich bildete mir ein, wechselnden wie werbenden Druck. Und sie zog mich die wenigen Stufen auf die Terrasse hinauf.

Später saßen wir in bequemen Stühlen und plauderten. Ein junger Mann servierte eine Flasche milden Rotweins und, was mir erst jetzt angenehm bewußt wurde, Alla war Nichtraucherin. Kein Wunder also, daß es mir rundherum wohl war. Sogar meine Bilder hatte ich verdrängt – nur manchmal verschwamm Allas Gesicht in dem Auris, aber ganz nah war Alla...

Manchen Augenblick kam es mir vor, als seien wir, die schöne Alla und ich, Komparsen – oder Hauptdarsteller? – in einem der rosigen Hollywoodfilme...

Und der Wein beschwingte immer mehr in der wohligen Wärme des blauen Nachmittags...

Plötzlich fragte Alla in diese samtene Atmosphäre hinein: „Gehen wir schwimmen?"

Ein bißchen riß mich das schon aus meiner Stimmung, und erfrischendes Wasser würde es noch mehr tun. Aber was, zum Teufel, hatte ich eigentlich vor? Natürlich würde ich schwimmen, mußte ich schwimmen! Es wurde höchste Zeit, abzukühlen. Ich sprang also auf und rief „Gern!", was sie lächeln ließ, ein wenig spöttisch, wie mir schien.

„Dort!" Alla wies auf eine Tür im Hintergrund. Dahinter fand ich Badeutensilien vor. Ja, dies war ein Land der strengen Sitten noch, zumindest in der Öffentlichkeit.

Alla trug einen sehr knappen Bikini. Aber sie ließ mir nicht die Chance, mich, wenn mir das überhaupt möglich gewesen wäre, an ihr sattzusehn. Leichtfüßig lief sie zum Wasser, warf sich ohne zu zögern hinein, tauchte sofort unter und wenig später, ein Stück vom Ufer entfernt, wie ein Seehund wieder auf; ihr schwarzes Haar verdeckte das Gesicht.

Ich folgte ihr, wenn auch nicht ganz so rasant.

Wir schwammen, tauchten, tollten. Und erneut griff das Erinnern mit großer Wucht nach mir. Alla bewegte sich so behend über und unter Wasser hin und her, daß für mich der Eindruck entstand, es gäbe sie zweimal, als sei sie Auri und Berka zugleich, als wäre alles so wie in jenem See, dem ähnlichen, in dem wir uns, wie heute, erfrischten...

Wahrscheinlich ließ meine Ausgelassenheit in dieser Rückschau nach. Denn einmal packte mich Alla an den Schultern, sah mir in die Augen. „Sie sind wieder dort, ja?" Sie hatte mich abermals ertappt. Dann stieß sie sich ab und tauchte mich mit einem Ruck unter.

Dann lagen wir auf einer Decke in der Sonne, die Arme unter dem Kopf verschränkt, und starrten in den Himmel.

„Wie war das an dem See?" fragte sie leise, wie beiläufig.

Ich antwortete nach einer kleinen Pause: „Sind Sie für Märchen, Alla?" Ich wußte, ich konnte nicht länger ausweichen, meine Lage hatte ich nicht verändert.

„Zuweilen – wenn sie schön sind?"

Ich begann stockend, suchte zunächst nach Worten, kam dann aber zunehmend in Fluß, wußte nach einer Weile nicht, ob sie noch zuhörte oder eingeschlafen war. Aber ich blickte weiter in den Himmel und erzählte leise:

„Einen Tag vor seinem Urlaub mußte ein Mann, ein Ingenieur, – nennen wir ihn Leo – noch auf eine Dienstreise nach, sagen wir, Hannover. Dort traf er, wie es manchmal so ist, zufällig seinen Schulfreund Traudich, den er zwanzig Jahre nicht gesehen hatte. Dieser befand sich in einer schlechten Verfassung, hatte einige Promille Alkohol im Blut, freute sich euphorisch über das unverhoffte Treffen, und er wurde redselig – auch weiter angeregt durch einige Wiedersehensdrinks. Und dann schüttete er dem Freund Leo sein Herz aus, was er keineswegs gedurft hätte. Er sprach von einer Anlage, die ihresgleichen in der Welt nicht habe, in welcher sein Herzblut fließe und die fix und fertig dastehe, von 'oben' aber noch nicht abgesegnet sei. Den Minister habe man abgesägt – nicht wegen der Sache natürlich – und der neue sei eben noch neu und offenbar ein Traumichnicht. Und außerdem sei das Medium ausgestiegen, angeblich aus gesundheitlichen Gründen. 'Kalte Füße hat er bekommen, das ist es! Begreifst du', fragte er inbrünstig den Freund, 'was es bedeutet, wenn du jahrelang, jahrelang, verstehst du, an Epochemachendem gearbeitet hast, Tag und Nacht, und du darfst nicht probieren, ob es funktioniert?'

Freund Leo konnte sich vorstellen, was das bedeutet. Und so redeten sie eine Weile hin und her, tranken dazu weitere konzentrierte Flüssigkeiten – und schließlich heckten sie einen üblen Plan aus.

Eigenartigerweise standen beide noch dazu, auch als am anderen Morgen der Alkoholdunst verflogen war und jene kritische Fläue von beiden Besitz ergriffen hatte. Da Leo bis dato keinen bestimmten Urlaub plante, die Frau ohnehin ein paar Tage zu ihrer Mutter reisen wollte, wurde sie verständigt, daß ihr Ehemann für zehn Tage von Traudich eingeladen sei.

Erst als Leo in der Anlage saß, wurde es ihm bang, aber da war es zu spät. Zu spät auch deshalb, weil er stets zu seinem Wort stand.

Tatsächlich eine geniale, epochale Anlage, eine Zeitma-

schine! Sie konnte einen Menschen in die Vergangenheit versetzen, man brauchte ihr nur einzugeben, wohin, in welche Epoche und auf wie lange.

Leo wünschte sich Baalbek, weil er phantastische Romane darüber gelesen hatte, in denen die dortigen erstaunlichen Terrassen, deren Entstehen man sich heute noch nicht so recht zu erklären vermochte – sie sogar außerirdischen Besuchern zuschreibt –, eine Rolle spielten. Also: Zweitausend Jahre zurück, zur Terrasse nach Baalbek in Kleinasien und selbst sehen...

Wie nach einem langen und tiefen Schlaf kam Leo etwas benommen zu sich – auf einer freien Fläche zwischen Büschen in stachligem Gras liegend. Doch er wurde sofort hellwach: Um ihn herum standen an die sechs sehr mäßig mit Fellen bekleidete Frauen, die die Spitzen von Speeren auf ihn gerichtet hielten!

Als sie gewahrten, daß er die Augen aufschlug, begannen sie ihn zu piksen, zu treten, nötigten ihn mit Nachdruck, aufzustehen, und sie trieben ihn – nach wie vor unter allen Anzeichen von Feindseligkeit – vor sich her.

Sein Beteuern, keine schlimmen Absichten zu haben, und auch sein Bitten, doch glimpflicher mit ihm zu verfahren, fanden keinerlei Gehör. Wie sollten sie auch: Diese weiblichen Wildlinge gaben Laute von sich, Worte, die ihresgleichen in einer anderen Sprache nicht hatten.

Leo verfluchte sein Schicksal und Traudich, den Freund, der ihm das eingebrockt hatte. Hat sich was mit Terrassen von Baalbek und dem stillen Beobachter, den man angeblich spielen könne. Wenn man sich schon etwas Neuem anvertraut!

Innerlich sträubte sich Leo zunächst standhaft gegen einen solchen Gedanken, aber es nützte nichts! Immer klarer wurde ihm, wo er tatsächlich hingeraten war. Und als sie mit Geschrei in eine Art Heerlager einrückten und er – gleichsam zur Begrüßung – noch heftiger schikaniert wurde, war es Gewißheit: Amazonen! Jenes männerverachtende Weibervolk, kriegerisch und im ganzen wild... Also, da war der Beweis! Es hatte sie tatsächlich gegeben, diese Amazonen! Im Augenblick hätte er aber liebend gern auf ein derartig greifbares Indiz verzichtet und weiter mit der Legende, der Spekulation und Tralows Dichtung gelebt.

In der Tat, das waren wild anzuschauende Kriegerinnen, die meisten mittelwüchsig, schlank oder stämmig, mit Fellen oder grobem Leinen behangen, zernarbte Haut, zottiges, verfilztes Haar, und kamen sie einem nah, roch man den Schweiß... Eben ein echter, prächtiger, prähistorischer Krieger-, Kriegerinnenhaufe. Aber, und das wich erfreulicherweise von der Legende ab, sie besaßen beide Brüste und diese stramm – wie überhaupt im ganzen durchtrainierte Körper. Außerdem schätzte Leo keine von ihnen auf mehr als dreißig Jahre.

Etwa hundertfünfzig der Kriegerinnen mochten sich im Biwak aufhalten, und wohl jede mußte den Gefangenen betrachten und piesackend berühren, bevor sie wieder ihrer Verrichtung nachging. Offenbar bezogen sie dieses Lager gerade, denn etliche beschäftigten sich mit dem Aufbau von Zelten aus Häuten, einige errichteten eine Feuerstelle, andere schafften Geäst herbei.

Dann preschte eine Dame, ja, Dame, begleitet von einer Gruppe offensichtlich Chargierter – sie trugen Ketten und Federn –, auf einem ziemlich kräftigen Pferd herbei. Und diese Dame unterschied sich von den anderen des Gefolges und erst recht von den Kriegerinnen beträchtlich. Sie trug eine geschneiderte Kleidung, einen kurzen Faltenrock mit einer breiten, angesetzten straffen Schärpe über der Schulter, die die linke Brust frei ließ. Im durchgekämmten langwelligen Haar, das ihr viel von Wildheit und grimmigem Aussehen nahm, staken zwei kostbare, verzierte Kämme aus silbrigem Metall.

Sie stoppte ungestüm vor dem Verängstigten und betrachtete ihn eine Weile von unten bis oben, ihm schien, einigermaßen wohlgefällig. Dann gab sie einige schnell gesprochene Anweisungen, denen sofort Aktivitäten folgten.

Der Gefangene wurde in eines der Zelte gestoßen und drin angeseilt, aber so, daß er sich in Grenzen bewegen konnte, ohne jedoch die Knoten der Riemen, die man ihm um Hände und Füße und um die Zeltpfähle geschlungen hatte, erreichen zu können.

Leo legte sich auf eine Schilfmatte, überdachte seine Lage, und langsam beruhigte er sich ein wenig, wenn auch die permanente Angst blieb. Wollten sie mich töten, hätten sie es längst tun können, es sei denn, man spart mich zu einem würdigeren Anlaß auf, zu einem Fest vielleicht.

Fieberhaft kramte er in seinem Gedächtnis das zusammen, was er von diesen Amazonen je gehört hatte. Aber das war natürlich überhaupt nichts Authentisches, weil es das nicht gab, und es war außerdem herzlich wenig. Daß man einem Dichter nicht trauen konnte, auch wenn er Tralow hieß, lag auf der Hand. Aber daß diese Amazonen ein gestörtes Verhältnis zu Männern hatten, mußte wohl stimmen, sonst hätten sie sich wohl nicht über das Patriarchat erhoben. Daß die Leute stets übertreiben müssen, schon damals vor zweitausend Jahren, dachte Leo... Weder das Patriarchat noch das Matriarchat spiegeln die humanistischen Zusammenhänge einer Gesellschaft wider. Man sollte an Stellen, wo wichtige Entscheidungen für die Menschheit oder auch nur für ein Volk getroffen werden, auf jeden Fall ebenso viele – wenn nicht gar mehr – couragierte Frauen haben wie Männer. Das wäre, so schlußfolgerte er, der Schlüssel zum Weltfrieden. Die Regierungen könnten den Spieltrieb, das ach so männliche Ein-wenig-losgelöst-Sein vom Alltag, die Kraftmeierei und das Pfaugehabe abwägen mit der Gefühlsbetontheit der Frauen, ihrer Verbundenheit zum Alltäglichen, zum Kind und der Lust auf Geborgenheit...

Das ging unserem Freund durch den Kopf, und er wurde ruhiger, ließ endlich die Größe des Augenblicks auf sich wirken, trotz der noch nicht überstandenen Gefahr. Mein Gott, dachte er immer wieder, ich bin bei den Amazonen!

Doch schon bald drangen andere Anfechtungen, nicht minder erregende, auf ihn ein:

Es begann damit, daß das Eingangsfell ein wenig zurückgeschlagen und dahinter einer jener zottligen Wuschelköpfe sichtbar wurde. Dieser Kopf drehte nach links und rechts, spähend, und mit einem großen Schritt stand die Wachhabende im Zelt. Leo erkannte sie an der großen Schulternarbe.

Unser Freund bekam wieder das große Zittern. Am Ende hatte sie vor, sich ein Vergnügen an einer Sonderfolterung ei-

nes verhaßten Mannes zu bereiten. Doch wie sich alsbald herausstellte: Vergnügen wohl, aber keine ausgesprochene Folter.

Sie trat näher, betrachtete den Daliegenden, dann löste sie entschlossen dessen Gürtel, kam aber mit dem weiteren Öffnen der Kleidung nicht zurecht und riß mit kraftverratendem Schwung den Bundknopf von der Hose. Und Reißverschlüsse waren wohl auch nicht das, womit Amazonen täglich umgingen.

Freund Leo lag angstgelähmt still, er fürchtete eine besondere Teufelei.

Doch siehe da, die grimme Kriegerin konnte auch anders! Ihre Hände hätten zwar jedem Reibeisen Ehre gemacht, aber sie streichelten, kein Zweifel. Und langsam löste sich in unserem gefangenen Zeitreisenden die Angstspannung – um einer ganz anderen Platz zu machen...

Er betrachtete seine Besucherin. Es war eine von den stämmigen Kleinen: Ebenmäßige Gestalt, grobe, aber keineswegs abstoßende Züge, und sie blickte begehrlich. Alles Weitere geschah wie von selbst...

Wenig später verschwand die Dame, wie sie gekommen war, nicht ohne Leos Kleidung, soweit nach der Gewalteinwirkung noch möglich, einigermaßen sorgfältig zu ordnen. Am Zelteingang wandte sie ihm noch einmal das Gesicht zu und legte den gestreckten Zeigefinger auf die Lippen, eine Geste, unmißverständlich, wohl alt wie die Menschheit selbst.

Unser Freund lag gelöst und sann. War das eine Vergewaltigung? Mitnichten!

Zwei Stunden später, er hatte sich ein kleines Nickerchen gegönnt, nun bereits guter Hoffnung, daß es wohl ganz so schlimm um ihn nicht bestellt sei, da der Männerhaß sich offensichtlich in Grenzen hielt, kam eine kleine Zierliche, wohl eine vom Troß; denn wie eine Kriegerin sah sie nicht aus. Sie brachte eine tönerne Schüssel, drin ein Stück gesottenes und ein Klumpen gebratenes Fleisch, eine Portion, von der der Koch einer mittleren Betriebskantine ein halbes Hundert Leute verköstigt hätte.

Die Marketenderin löste dem Gefangenen die Hände nicht, aber sie hielt ihm das Fleisch vor den Mund, das zart war und *sich gut abbeißen ließ. Sie sah ihm beim Kauen zu und ging auch nicht, als er sich zufrieden und höchst gesättigt auf seine Matte zurückfallen ließ.*

Wie eine Katze schob sie sich näher, bedrängte ihn ein wenig, nickte ermunternd...

Und weil Leo gut gegessen hatte und schließlich sie es war, die ihm das Köstliche gebracht hatte...

Die dritte machte nicht viel Federlesens, ging zielstrebig vor und – hätte beinahe das Nachsehen gehabt, was der vierten – unser Freund konnte sie nicht mehr erkennen, weil es mittlerweile Nacht geworden war – dann auch passierte, worüber sie sehr ärgerlich wurde, ihn mit Fußtritten bedachte und abzog.

Die nächste dann schrie er sofort an, sie möge sich zum Teufel scheren, man solle ihn losbinden, er könne ohnehin nicht weg, und außerdem müsse er sowieso einmal raus!

Auf das Geschrei hin verschwand die Besucherin lautlos, dafür tauchten zwei Kriegerinnen mit Fackeln auf, deren Schein ihr wildes Aussehen noch unterstrich. Und Leo bedeutete ihnen durch Gesten, was er begehrte. Nach einer Weile verstanden sie und führten ihn hinaus, blieben aber kichernd wie Teenager in seiner umittelbaren Nähe stehen.

Wieder im Zelt, fesselten sie ihn lockerer als vordem, aber sie legten sich zu ihm, jede eine Art Kurzschwert an der Seite.

Leo schlief erschöpft schnell ein, wurde aber nachts munter, weil ihn erbärmlich fror. Und wie das im Halbschlaf so geht, zumal wenn man müde ist und nichts weiter will als schlafen, kuschelte er sich an den Rücken der neben ihm liegenden Kriegerin, schmarotzend von deren wohliger Wärme. Während die andere leise Schnarchtöne von sich gab, wurde jene anscheinend ein wenig munter und kuschelte ihrerseits. Wenig später dann, ohne daß Leo tatsächlich richtig wach wurde, ergab es sich in aller Sanftheit noch einmal wie von selbst...

Am Morgen fand er sich unter einer Decke, noch lose angebunden zwar, aber beinahe ausgeschlafen, hungrig und gar nicht weiter ängstlich, was seine weitere Zukunft anbetraf. Bänglich aber wurde es ihm, wenn er an die nächsten Stunden oder Tage dachte.

Er ging dann auch gleich in Abwehrstellung, als ihm eine scheue Dünne einen Frühstücksbrei brachte. Diese hatte jedoch keine anderen Absichten, dafür die nächste, die zweite Mitschläferin. Ihr versuchte er zunächst klarzumachen, daß er das dringende Bedürfnis habe, sich zu bewegen und vor allem, sich zu waschen. Sie sah eine Weile aufmerksam auf seine Gebärden, tat, als ob sie verstehe, machte ihm aber ebenso deutlich, daß das alles danach geschehen könne.

Der Freund dachte, alles hat seinen Preis, und schickte sich drein.

Sie hielt Wort und führte ihn wie einen Hund an der Leine nach draußen.

Es herrschte mäßiges Lagerleben; offensichtlich befanden sich längst nicht alle Kriegerinnen am Ort, und zunächst brachte man ihm nur zurückhaltende Aufmerksamkeit entgegen. Alle, die sich in seiner Nähe befanden, beobachteten ihn – aber mehr oder weniger verstohlen.

Doch das mit dem Waschen stellte sich als eine absolut dumme Idee heraus.

Das Lager befand sich an einer Wasserstelle, die in einen Tümpel und von dort als kleines Rinnsal abfloß. Nach kurzem Zögern legte Leo die Kleider ab. Ob deswegen oder überhaupt – jedenfalls stand sogleich alles, was an Frauen im Lager verblieben war, um den Tümpel herum und sah ihm ungeniert zu. Nach einem Augenblick vergeblicher Schamhaftigkeit sagte er sich: Wenn sie es nicht anders kennen oder wollen... Und er beendete in aller Ruhe – so tat er jedenfalls – seine Toilette.

Als er in der Absicht, sich anzuziehen, aufs Ufer trat, war das Zuschaun jäh vorbei. Sie fielen plötzlich über ihn her zuhauf, drängten, verdrängten, knufften, schubsten, bis sich seiner eine Kräftige mit Ellenbogenfuchteln und Fausthieben bemächtigt hatte.

Er wehrte sich zunächst, aber da setzte wieder Solidarität ein: Ihrer drei hielten sie ihn am Boden, und, weiß Gott, das waren Amazonen! Eine Bärenkraft hatten die.

In all dieses Tun hinein hallte eine scharfe Stimme, es folgten klatschende Schläge. Leo riß die Augen auf. Die Reiterin! Sie hieb mit dem flachen Schwert auf ihre erhitzten Kriegerin-

nen ein, daß es eine Freude war. Nach allen Seiten stoben sie davon.

Leo stand auf, genierte sich plötzlich seiner Nacktheit und des Schmutzes, der seinem Körper anhaftete. Die Dame betrachtete ihn vom Pferd herab und keineswegs schamhaft. Ihm schien eher, als stehe in ihren Augen ein begehrliches Funkeln...

Unser Freund tauchte nochmal ins Wasser, suchte schleunigst seine Kleider zusammen, fuhr hinein, sie sah interessiert zu. Als er aufblickte, wies sie mit dem Schwert auf sich und sagte: 'Berka'.

'Ah, Berka!', wiederholte er. 'Ich danke dir, es war höchste Zeit.' Und mit einer leichten Verbeugung deutete er in die Runde. Scheu drückten sich im Hintergrund einige der Kriegerinnen. 'Trotzdem, liebe Berka, man sagt von euch, daß ihr etwas gegen Männer habt, daß ihr nur einmal im Jahr euch der Nachkommen wegen mit solchen eines Nachbarstaates einlaßt. Aber was ich hier erlebe...' Er zog eine Grimasse und schüttelte im unernsten Verwundern den Kopf. 'Ihr seid ganz schön heruntergekommen!'

'Heluntegechomen', lautmalte Berka nach, und sie lächelte strahlend.

Wenig später gab es zu essen, und Leo wurde danach auf ein Pferd gesetzt – nur leicht gefesselt. Zwei ebenfalls berittene Kriegerinnen von höherem Rang, andere begegneten ihnen mit einigem Respekt, nahmen ihn in die Mitte. Und sie ritten von dannen, Berka hob grüßend die Hand.

Sie waren anderthalb Tage unterwegs, und während einiger Rasten nahmen sich die beiden Kriegerinnen, was sie brauchten, ohne daß es unserem Freund etwa über gewesen wäre.

Sie brachten den Gefangenen an einen See. Dort wurde er von einer Gruppe junger Damen in Empfang genommen, die dieser Bezeichnung alle Ehre machten. Wohlriechend und überhaupt gepflegt, völlig unkriegerisch, trugen sie leichte, aber prächtige Gewänder und umgurrten ihn wie eine Schar Tauben.

Man führte Leo in ein reichverziertes Haus mit einer Terrasse davor. Und dort empfing ihn Auri. Himmel, was war das für ein Weib! Sie trug ein weißes, weitfallendes Gewand, das *ebenfalls die linke Brust unbedeckt ließ. Dunkles Haar umfloß das Gesicht, das goldbronzen leuchtete und so himmlisch war, als hätte ein Gott die Schönheitsattribute aller Epochen in einem genialen Guß vereint.*

Was Wunder, daß unser Freund, der annehmen mußte, zu einer Würdenträgerin gebracht worden zu sein – was sie zweifelsfrei auch war –, und die Absicht gehabt hatte, sich gründlich zu beschweren, vor lauter Befangenheit kein einziges Wort hervorbrachte, sondern sie zunächst nur anstarrte. Aber sie löste den Krampf, indem sie einige leise Sätze sprach, worauf ihn die Hofdamen ins Innere des Hauses führten, entkleideten, in ein Bassin mit wohlriechendem, warmem Wasser steckten, ihn bürsteten, dann in Tücher hüllten, noch einmal ölten und ihm ein ebensolches Gewand überstreiften, wie es die Dame auf der Terrasse trug.

Zu dieser führten sie ihn; und er erfuhr von ihr ihren Namen: Auri.

Sie empfing ihn an einer Tafel, auf der eine Reihe ihm fremder, aber auch einige durchaus bekannter Speisen standen. Lange nötigen ließ er sich nicht.

Später gingen sie spazieren, und sie sprach mit wohlklingender Stimme. Er erzählte von sich, von seiner Arbeit, sie verstanden gegenseitig kein Wort, dennoch hatte er den Eindruck, sich mit ihr ausgezeichnet unterhalten zu haben.

Als die Sonne sank, speisten sie erneut, tranken ein wohlschmeckendes, leicht berauschendes Getränk, und dann ergab es sich, daß sie ihn mit in ihre Gemächer nahm, wo sie ihn fast zeremonienhaft in aller Zärtlichkeit empfing...

Egoistisch aber war Auri nicht. Täglich, vom späten Vormittag bis zum frühen Nachmittag, bekam eine der Hofdamen unseren Freund gleichsam zugeteilt, in einer Art, die ihn keinerlei Nötigung empfinden ließ. Danach durfte er ruhen, speisen, wurde gebadet, geölt und massiert. Nachts dann empfing ihn Auri...

Als nach einigen Tagen jene Berka aus dem Feldlager zu ihnen stieß, sich binnen kurzem ebenfalls in eine strahlende Prinzessin verwandelte, begann für Leo die schönste Zeit seines Lebens. Ausschließlich die beiden herrlichen Geschöpfe bezeugten ihm nun ihre Aufmerksamkeit.

Morgens meist tollten sie gemeinsam im See, oder die Amazonen-Oberen führten ihm ihre Schießkünste vor. Und in der Tat – dazu zogen sie die Schärpe stramm über die rechte Brust, damit die Bogensehne sie nicht schmerzhaft streife...

Auch heute noch sagt unser Freund, daß dies wohl die schönsten Tage seines Lebens gewesen seien, wenn auch anstrengende. Aber – ob es die Pflege, das Nichtstun, die vorzüglichen und reichhaltigen Speisen oder vielleicht gar der geheimnisvolle, leicht berauschende Trank machten – er konnte geben, was man ihm abverlangte. Selten dachte er in dieser Zeit an zu Hause, an Traudich und die Maschine, an seine Frau... Er hatte das Zeitgefühl verloren.

Und es kam wie ein Schock!

Leo lag zwischen Auri und Berka nach dem Bad in der Sonne, als es unter seiner Armspange, die Traudich ihm fest angepaßt hatte, zu kribbeln begann. Er spürte, wie er durch eine unbekannte Kraft sehr rasch aktiviert wurde, und wußte, daß mit einem Schlag alles unwiederbringlich vorbei sein würde.

Seine letzte Geste war ein Griff zur Armspange, sein letzter Gedanke: abreißen, das Ding! Aber jeder Widerstand erstarb im Ansatz...

Damit, Alla, ist das Märchen eigentlich zu Ende.

Traudich wunderte sich ein wenig, daß Leo nackt zurückkehrte und, wie es schien, um etliche Pfunde leichter. Er drang in ihn, die Erlebnisse zu berichten, aber selbst hatte er nicht viel Zeit, und sie vertagten sich auf später. Schon tags darauf sollten die offiziellen Experimente beginnen. Und leider habe er den Freund nicht eher zurückholen können, weil dauernd jemand um die Anlage herumgestrichen sei, na, wegen des Ministers... Ach ja, die Frau habe entdeckt, daß sie nicht gemeinsam unterwegs waren, sie vermute Schlimmes. Ein dummer Zufall halt..."

Während der letzten Sätze hatte ich mich auf den Bauch gewälzt und auf die Ellenbogen gestützt. Alla tat es mir gleich.

„Eine amüsante Geschichte“, sagte sie. „Ein wenig – na, delikat zwar, aber Sie hätten beste Aussichten, auf einem unserer Basare zum Märchenerzähler des Jahres erkoren zu werden...“ Sie lächelte. Dann rief sie in verändertem, beinahe Erschrecken ausdrückendem Tonfall: „Was ist denn das?“ Und ich spürte ihren spitz manikürten Fingernagel an meinem Gesäßansatz.

„Was?“ fragte ich irritiert und verbog meinen Körper, um zu sehen, was sie wohl meinen mochte. Doch es gelang mir nicht. Plötzlich aber wußte ich, was sie dort sah. „Ach, das Muttermal!“ Ich atmete beruhigt aus und lachte. „Das begleitet meine Familie, seit sie sich zurückerinnern kann. Es ist erblich, wird stets auf die Kinder übertragen. Die Stelle wechselt, aber nicht die Form, ulkig, nicht? Ein mir bekannter Genetiker meint, so etwas sei gar nicht untypisch... Wieso?“ Erst jetzt war mir Allas aufgeregter Ton wieder in den Sinn gekommen.

Alla stand wortlos auf und drehte mir den Rücken zu. Sie nestelte am Band ihres Bikinihöschens und ließ es schließlich fallen. Mir wurde es abwechselnd heiß und kalt.

Aber da – da sah ich es!

Auf ihrer linken, wohlgeformten Pobacke prangte unser Mal, das unsymmetrische Herzchen. Und bei ihr stand es auf dem Kopf – wenigstens aus meiner Perspektive...

Wiederkehr

Beim Trinken warf Josef den Kopf so weit zurück, daß er das Gleichgewicht verlor und mit seinem Holzklotz nach hinten überkippte.

Das schadenfrohe Gelächter, das in solchen Fällen bestimmt auf-flackerte, unterblieb. Auf einigen Gesichtern stand: Natürlich, wieder der Josef!

Dann richteten sich die Blicke auf den nächsten, der an der Reihe war. Einer nach dem anderen trank, als letzter der Alte.

Plötzlich lachte Thomas gezwungen auf. „Wir haben vergessen, uns zu beseitigen, nachher. Pfui Teufel!"

Aber den meisten schien es gleich zu sein. Nur Josef lächelte, einfältig, undurchsichtig.

„Das ist ohne Belang", sagte der Alte, und ihm hörten sie aufmerksam zu. „Die, denen vor Urzeiten die Insel gehörte, hielten es ebenso mit ihren Toten, ließen sie einfach vergehen. Also..." Er straffte sich, fast fröhlich klang seine Stimme. „Nun, Jungs, trinken wir Unverfälschten. Da wissen wir wenigstens, wovon wir umfallen."

Jetzt lachten alle, reckten Michael die Pokale hin. Mit aufklirrendem Flaschenhals schenkte er ein, unachtsam und übermütig.

Sie tranken genüßlich, aber sie sprachen nicht. Es war, als säße jeder gespannt, wartend. Doch was schon würde sein? Der Alte hatte gesagt, wie ein schwarzer Vorhang ziehe es sich um einen zusammen – und aus.

Der Alte hielt sein Glas gegen das Feuer, daß der Wein rot auffunkelte. Abgeklärte Heiterkeit lag auf seinem Gesicht. Er wurde zufrieden, sogar froh. Alle waren sie gekommen, hatten sich die Stunden bis zur Feier vertragen, ihn dann angehört und – ihr Einverständnis erklärt. Auch Josef.

Das ist der Vorteil, dachte der Alte. Man versteht sich, ohne viel zu reden, empfindet, erfühlt den anderen, begreift seine Beweggründe – weil es die eigenen sind.

Und so war es geschehen. Keiner wollte zurückbleiben. Jetzt konnte auch keiner mehr. Eine Viertelstunde noch...

Kaum glaubhaft, diese Eintracht! Der Alte lächelte. Wie sind wir uns auf die Nerven gefallen, die Jahre. Ewiger Gleichklang der Gesichter und Bewegungen, der Empfindungen und Gedanken. Schema, Schablone... Josef hätte eigentlich zufrieden sein müssen.

Der Alte blickte unauffällig hinüber. Josef rieb selbstvergessen das verkrüppelte Bein. Vielleicht signalisierten ihm die groben Narben, daß der Monsun früher einsetzte dieses Jahr. Schade, Josef hat mir nie verziehen, daß ich nicht bei ihm war, als der Fels ins Rollen geriet. Du warst einer von sieben Gleichaltrigen, Josef, acht Jahre, als es geschah. Ich konnte nicht bei jedem gleichzeitig sein. Aber dadurch, Junge, bist du doch zu dem Vorteil gekommen, dich von uns zu unterscheiden, anders zu werden als wir. Zunächst äußerlich, wegen deiner krummen Haxe. Du warst gehandicapt, freilich. Sie hänselten dich. Du konntest nicht mithalten, wenn sie tollten. Hast dich abgekapselt, zurückgezogen, in die Bücher geflüchtet, wurdest hart. Bist nun klüger als sie, als wir, reifer. Und das aus eigener Kraft. Ich könnte stolz auf dich sein.

Der Alte sah zur Uhr. Zeit für das Feuerwerk, dachte er.

„Zeit für das Feuerwerk!" rief Rolf.

„Ja, mach' schon, Alter!"

Man hatte es ihm, dem Alten, zugebilligt, das Pulver zu zünden. Das, womit das Unheil begonnen hatte, womit er das Unheil begonnen hatte, durfte er allein zerstören, ein für allemal tilgen.

Schade eigentlich, daß dieser bornierte Weltrat der Wissenschaftler recht behält, dachte der Alte, als er den Zweig ins Feuer hielt, um die Flamme zur Lunte zu tragen. Nein, borniert nicht. Der Alte lächelte. Meine fixe, närrische Verranntheit. Man müßte es ihnen sagen, daß eintritt, was sie prophezeiten. Klone haben aus sich heraus keine Chance. Das meinen sie wohl, wenn sie von unmenschlich sprechen.

Aber wenn man von all dem Mißlichen absehen könnte, der

Alte verzog den Mund, prächtig waren sie schon gelungen, die Jungs.

Er blickte in die Runde. Sie tranken selbstvergessen den roten Wein, ein wenig hastig vielleicht und zu schweigsam, wie es gar nicht unsere Art ist – oder doch?

Er begegnete dem Blick Josefs. Ein hämischer Zug spielte in dessen Gesicht. Oder täuschte ihn der Widerschein des Feuers?

Der Zweig brannte längst. Der Alte zögerte. Ihm war, als müsse er einwilligen, sich operieren zu lassen, eine schwere und riskante Operation, in deren Gefolge dem Körper Wichtiges fehlen würde...

Da sah er Marcels fordernde Augen auf sich gerichtet. Er zog das Holz aus der Glut, balancierte die kleine Flamme vorsichtig zu der Rinne, die sie, als hinge davon das Leben und nicht das Gegenteil ab, sorgsam aus Papier gefaltet und mit selbstgefertigtem Schwarzpulver gefüllt hatten. Überhaupt, der Alte lächelte in der Erinnerung an die letzten Stunden, wie einen Kult hatten sie es betrieben, sich und ihre Maschinenmutter aus der Welt zu schaffen. Als wäre es eine Erlösung.

Ist es auch! sagte der Alte zu sich und stieß das glühende Astende in das Pulver.

Sprühend und qualmend zischte es auf. Das Papier verglomm nach kleiner natriumgelber Flamme. Der Glutbatzen kroch ins Gebüsch, in die Finsternis, um sich eine Rauchaureole, als verwandle sich eine Seidenpuppe inmitten ihres Kokons in einen Glühwurm. Es roch beklemmend nach Schwefel, auch ein wenig nach schwelenden Kräutern und Blättern.

Die jungen Männer verhielten, krochen in Erwartung der Detonation in sich zusammen. Nur zwei saßen aufrecht wie lauschend: Josef und der Alte.

Der Alte war gespannt. Drei Minuten würde der Glutball benötigen, bis er, schon im Innern des Gebäudes, in die Fässer mit hochbrisantem Pulver fahren würde. Drei Minuten für die sechzig Meter. Eigentlich müßte er die Umfriedung schon erreicht haben...

Niemand bewegte sich. Da nahm Josef einen Ast und stocherte im Feuer.

Jetzt, dachte der Alte und biß auf die Zähne, daß die Kaumuskeln hervortraten.

Dann sah er zur Uhr, empfand den Unsinn, denn er hatte sich den Zeitpunkt, zu dem er gezündet hatte, nicht gemerkt. Aber er behielt die Skale im Auge.

Nach einer weiteren Minute wußte er, daß der Funke sein Ziel nicht erreicht hatte.

Unruhe entstand in der Runde. Man bedachte den Alten mit Spott.

Ganz wie früher, dachte der. Und mit Genugtuung empfand er das Unumkehrbare. Sie alle hatten ihre Becher geleert. Ihnen blieben noch zehn Minuten. Höchstens...

Das Geraune legte sich, sie dachten offenbar ähnlich.

„Ich sehe nach!" Der Alte stand entschlossen auf. „Aber vorsichtshalber..." Er lächelte vielsagend. „Macht's gut. Verzeiht mir, ich habe es so nicht gewollt. Ich weiß, daß ihr mich auch in meinem Irrtum versteht. Es ist das Beste!" Er nahm seine Taschenlampe auf und wandte sich zum Gehen.

„Ich komme mit!" rief Josef.

Der Alte blieb stehen, zuckte mit den Schultern, und katzengleich sprang Josef auf seiner Krücke in die Dunkelheit. Das krumme Bein pendelte wie eine Schwungmasse.

Der Alte lief rasch, das Licht auf den Boden gerichtet, der kohligen, noch rauchenden Spur nach. Er schritt, soweit es das Buschwerk erlaubte, desto schneller aus, je mehr ihm bewußt wurde, wie merkwürdig sich Josef verhielt. Keuchend brach der durch das Unterholz, bestrebt, das Haus vor dem Alten zu erreichen.

„Vorsicht, Josef!" rief der Alte. „Es kann noch hochgehen! Bleib' stehen!" An die wenigen Minuten, die ohnehin nur noch zu leben blieben, dachte er schon. Nur, die konnten nach solch einer Explosion lang und schrecklich werden...

Ein unartikulierter Laut, dem ein höhnisches Lachen folgte, kam als Antwort.

Als sich der Alte durch die Hecke zwängte, erreichte Josef den Eingang. Im matten Mondlicht hob sich seine helle Gestalt vor der schweren dunklen Tür ab.

„Was soll das?" schrie der Alte näher kommend. „Übergeschnappt?“ Ihm fehlte die Luft, und er wankte vom Wein. Oder wirkte es bereits?

Er erreichte das Haus.

Der Junge stand mit quergehaltener Krücke in der Tür, entschlossen, den Eingang zu verteidigen.

„Bist du verrückt?“ rief keuchend der Alte. Er gewahrte auf dem Boden die zerstörte Pulverrinne. Der so prächtig gestartete Feuerball mußte erlöschen, konnte nicht durch den mühsam in den Beton gemeißelten Kanal ins Innere des Hauses dringen, um dort Erfüllung zu finden. Warum nur hatte Josef das getan.

Der Alte blieb scheinbar ruhig. „Geh weg!“ befahl er leise.

Josef antwortete nicht und rührte sich nicht, aber seine Hände spannten sich fester um die Krücke.

„Geh!“ Der Ton des Alten wurde drohend. „Das hier überlebt nicht“

„Nur über meine Leiche!“

„Das ist in längstens zehn Minuten. Also mach’ keine Sperenzchen, ich habe nicht viel Zeit.“

„Das stimmt!“ fauchte Josef. „Was dich betrifft. Ich habe Zeit“

Den Alten durchfuhr ein heißer Schreck. Nein, Josef hatte wie die anderen seinen Becher geleert. „Mach’ dich weg!“ Der Alte packte den Jungen am Arm.

Josef schüttelte ihn ab, stemmte sich fester gegen die Tür, das krumme Bein an den Rahmen gepreßt. „Du kannst mich, ihr alle könnt mich. Du großer irrender Geist, mißratener Zauberlehrling. Ich höre nicht mehr auf das Wort des Meisters!“ Josef lachte auf. „Hast du gesehen vorhin, wie ich beim Trinken...“, er lachte wieder, „vom Klotz fiel? Dabei habe ich deinen Schierling ausgespuckt. Ich überlebe.“

„Aber warum?“ Der Alte wich einen Schritt zurück. Er empfand schon wohlige Mattigkeit, fühlte sich außerstande, den Jungen mit Gewalt von der Tür zu entfernen. In seinen Augen stand ein großes Wundern. „Warum hast du das getan?“

Ohne seine Haltung zu verändern, antwortete Josef höhnisch: „Im Grunde genommen hast du Großes geleistet. Ich setze dein Werk fort, sei also stolz. Wir sind dir doch prächtig gelungen, findest du nicht?“

„Josef, ich beschwöre dich! Das hat keinen Bestand, ich weiß es jetzt. Ihr geht zugrunde wie wir. Die Gesellschaft nimmt euch nicht auf, so wie sie uns nicht aufgenommen hat. Sie hat ihre Gesetze, und die sind gut. Laß ab, Junge!"

Josef schüttelte den Kopf. „Ich habe gelernt, ich weiß, was du falsch gemacht hast. Die Gesellschaft ist human. Ich werde deinesgleichen nicht hochpäppeln, so wie du uns. Als Erwachsene freilich wären wir verloren. Wenn sie aber Kinder finden, Vater", er dehnte das Wort, daß der Hohn in die Ohren stach, „nehmen sie sie auch ohne Geburtsurkunde. Du wirst zehntausendfach weiterexistieren; denn selbstverständlich verwende ich deinen Kernvorrat. Freu' dich! Und ich, dein Josef, werde dafür sorgen, daß es kein Aufhören gibt. Eines Tages werden wir Einfluß haben, viele werden denken, fühlen, handeln wie wir."

„Und dann?" schrie der Alte. „Dann öden sie sich an, versacken..." Ihm verschlug es die Stimme, die Zunge gehorchte nicht. „Wie wir", setzte er röchelnd hinzu.

„Ha, die haben eine Welt und kein Inselgefängnis. Es wird Harmonie herrschen, und – sie werden sich zum Besseren entwickeln." Josefs Augen glänzten schwärmerisch.

„Du Dümmling! Was sollte sie veranlassen, sich zu entwikkeln, wenn individuell Widersprüchliches fehlt?" Beschwörend reckte der Alte die Arme vor. „ Glaub' mir doch, Junge! Zünde!"

Abwehrend hob Josef die Krücke. „Schwätzer!" zischte er.

Einen Augenblick empfand der Alte, als wollte der andere Nervosität und – vielleicht – Zweifel in Heftigkeit ersticken. Da sprang er vor und zielte nach dem Hals des Jungen. Er schlug hart auf die Tür. Aber Josefs Krücke traf ihn an der Schulter.

Sie stürzten.

Wieselflink rutschte Josef zurück und schob sich rücklings an der Tür hoch.

Der Alte saß benommen auf dem Boden. Mühsam richtete er sich auf, stand mit hängenden Armen.

„Versuch's nicht noch einmal", knirschte Josef.

„Es ist Wahnsinn", keuchte der Alte.

„Schade, daß du es nicht mehr erlebst!" Es war, als bedaure Josef es ehrlich.

Des Alten Blick fiel durch das Panzerglas des kleinen Fensters neben der Tür. Und bevor sich der schwarze Vorhang um ihn schloß, nahm er das Blinken der Kontrollampen an den Inkubatoren wahr, in denen er nach Josefs Willen schutz- und hilflos wieder und wieder auferstehen würde.

Emanzipation

Stationsschwester Hildegard lag entspannt im Sessel. Sie hatte den Kittel am Hals weit geöffnet und auch die Beine bis weniges unter die Hüften entblößt. Obwohl schon eine Stunde nach Mitternacht, stand im Aufenthaltsraum noch die Hitze des Tages. Man müßte schlanker sein, dachte Hildegard, dann würde man nicht bei jeder Gelegenheit in Schweiß geraten. Sie strich seufzend über die üppigen Brüste; im Schoß traf die Hand auf das zurechtgelegte Knäuel gewaschener, verknüttelter aber noch brauchbarer Elastikbinden, die sie sich vorgenommen hatte, säuberlich aufzuwickeln in diesen anspruchsarmen Nachtstunden. Im zweiten Satellitenprogramm lief der mit Vorschußspannung angekündigte Thriller, der Hildegards Aufmerksamkeit nicht im geringsten beanspruchte. Aber auf glattgestrichene und sorgsam gerollte Binden hatte sie auch keine Lust. Soll das eine dieser jungschen Möchtegerndamen von Lehrschwestern machen, oder wir stellen wieder Patienten an, die sind dankbar, wenn sie etwas zu tun bekommen... Die Brunstedt zum Beispiel, die stets über Langeweile klagt. Vielleicht vergißt sie dabei ihre Galle.

Schwester Hildegard fielen die Augen zu. Sie hatte den Kopf auf die hohe Rückenlehne des Sessels gelegt und entspannte sich weiter. Wie aus der Ferne hörte sie draußen auf dem Korridor Schwester Sabine rumoren; Sabine bestückte die Behandlungszimmer mit frischem, sterilem Material und ersetzte verbrauchten Kleinkram.

Wider Erwarten war an diesem heißen Tag viel zu tun gewesen, so viel, daß für die zweite Schicht allerlei Überhang aufzuarbeiten blieb. Naja, die Martha hat das eben nicht so im Griff.

Von ihrer Stationsschwesternkollegin Martha hielt Hildegard nicht so viel. Ja, wenn es darum ging, einen Kerl anzumachen oder etwas zu feiern. Komisch, daß sich aber auch stets etwas fand... Schwester Hildegard seufzte. Diese jungen Dinger! Früh, so nahm sie sich vor, würde sie nach dem Kindergarten noch schnell das Nötigste aus dem Supermarkt holen, dann schlafen, schlafen... Ach, zwischen dreizehn und siebzehn Uhr kommt der Fernsehfritze. Hoffentlich nicht erst um fünf! Wenn dann der Markus in der Wohnung herumquirlt, ist da kein Hantieren.

Stationsschwester Hildegard war eingeschlafen. Aus dem hohen blonden Dutt hatte sich eine Strähne gelöst, die ihr übers Gesicht hing und sie offenbar bei jedem Atemzug kitzelte. Zwei-, dreimal pustete sie unkonzentriert danach, dann wohl griff Morpheus kräftiger zu.

„Hilde!" Die zarte Schwester Sabine rüttelte die Tiefatmende an der Schulter. „Zugang!"

Stationsschwester Hildegard fuhr hoch. „Wohl ein bißchen eingenickt", murmelte sie, und man merkte ihr an, daß es ihr ein wenig peinlich war. Sie stand hastig auf, zupfte den Kittel zurecht und steckte, eine Klemme im Mund haltend, die Haarsträhne hoch. Zwischen den geschlossenen Zähnen quetschte sie hervor: „Wass'n?"

„Ein Unfall, glaube ich, ist noch in der Aufnahme."

„Haste Möller schon verständigt?" Endlich befand sich die Haarklemme dort, wo sie hingehörte.

„Ja, er wird gleich hier sein."

Die beiden Krankenschwestern gingen routinehaft ohne Hast über den Korridor zur Flügeltür. Davor, bereits auf der historischen krankenhauseigenen beräderten Transportpritsche, lag ein Mensch, ein Mann in einem hellen, faltigen Mantel. Daneben stand ein blutjunger Polizist, der den beiden Schwestern hoffnungsvoll und ein wenig verunsichert entgegensah.

„Besoffen?" fragte Hildegard forsch.

„Nei-nein", stotterte der Gesetzeshüter. „Ich, ich glaube nicht." Stationsschwester Hildegard hatte ihn mit der schroffen Anschuldigung überrascht. „Er, er ist wohl einfach gestürzt, vielleicht, vielleicht ohnmächtig geworden. Ein Lastwagenfahrer hat uns aufmerksam gemacht, in der Marienstraße."

Vorsichtshalber aber beugte sich Schwester Hildegard über

den Daliegenden, sog hörbar die Luft durch die Nase ein. Dann ergriff sie seinen Arm und fühlte den Puls. Ihre Rechte legte sie dem Ohnmächtigen auf die Stirn. Sie gewahrte dessen verklebtes Haar, ein kleines Blutrinnsal sickerte am Ohr entlang.

Ungerührt und ohne Hast sprach Hildegard: „Fieber hat er nicht, und der Kreislauf ist stabil. Aber am Kopp hat er was. Ganz schön draufgeplauzt. Hol mal 'ne Schere!" Letzteres sagte sie zu ihrer Kollegin gewandt.

Dann beugte sich Schwester Hildegard, als sei sie noch immer mißtrauisch, erneut über den Verletzten, roch wieder an dessen flachem Atem, zog dann jedoch eine anerkennende Grimasse und wackelte mit dem Kopf. „Scheint tatsächlich nüchtern zu sein. Also schreib in dein Protokoll, Herr Wachtmeister, wir behalten ihn zunächst hier – wartemal, Zimmer vierzehn. Seine Papiere? Angehörige verständigt wohl ihr!"

„H-hier." Wieder schien der Polizist von der Direktheit der Stationsschwester betroffen. Er händigte ihr einen Personalausweis aus und ein kleines Bündel anderer Papierchen, zuoberst ein Briefmarkenheftchen und Fahrscheine für den Autobus.

Diplommediziner Helmut Möller betrat den Korridor, als Schwester Hildegard dem Verletzten mit einer kaum dafür geeigneten Schere Haarbüschel vom Hinterkopf säbelte. Schwester Sabine hielt einige Mullbinden und die Nierenschale, in die Hildegard die klebrigen abgeschnittenen Haare hineinschleuderte.

„Ein Trauma nach einem heftigen Sturz, Herr Doktor, denke ich. Und vielleicht eine saftige Gehirnerschütterung", diagnostizierte Hildegard.

Herr Möller beugte sich über den Verletzten, knöpfte dem Mantel und Hemd auf, hängte sich das Stethoskop ein und hörte die Herztöne ab. „Normal", sagte er unsicher. Dann wandte er sich der Kopfwunde des Ohnmächtigen zu.

Stationsschwester Hildegard beendete ihre Säbelei, Schwester Sabine eilte ins Stationszimmer, kehrte alsbald mit Lösung und Tupfern zurück, und sie säuberten die blutverkrustete Stelle am Hinterkopf des Mannes.

„Nicht so toll", mahnte Diplommediziner Möller. „Schicken Sie ihn noch zum Röntgen. Ich mache den Schein gleich fertig. Man weiß nicht, es könnte schon ein Bruch sein." Er befingerte mit gespreizten Händen vorsichtig den Schädel des Verletzten, der bei diesen Berührungen leicht stöhnte. „Schlägerei?"

„Die Polizei sagt nein. Man hat ihn solo gefunden. Kann natürlich trotzdem sein." Stationsschwester Hildegard zuckte mit den Schultern. „Aus dem Alter müßte er aber raus sein. Vielleicht ein Überfall – das sind ja Zeiten heutzutage... Wir legen ihn auf die vierzehn, habe ich gedacht."

„Vierzehn", Diplommediziner Möller notierte das. „Machen Sie einen Verband und spritzen Sie Tetanus, man kann nie wissen... Wenn etwas ist oder er zu sich kommt, rufen Sie mich." Er händigte Hildegard die Röntgenüberweisung aus.

„Ist recht, Herr Doktor."

Als sich die Türen hinter Diplommediziner Möller ausgependelt hatten, brummelte Hildegard, daß es so weit bei ihr auch gereicht hätte, und im übrigen könne sich die Frühschicht um den da kümmern. „Ham wir noch 'n Hemde, Sabine?"

„Ich schau schon nach." Schwester Sabine kramte zwischen Bergen von Bettwäsche im Schrank, der im Korridor stand.

Stationsschwester Hildegard packte den Mann in den Achselhöhlen und zerrte ihn zwei Dezimeter höher, so daß der Kopf um ein weniges über die Pritsche ragte.

Schwester Sabine entfaltete ein unförmiges Kleidungsstück. „Das wird gehen", sagte sie und warf es über den Verletzten.

„Wir machen erst den Verband", ordnete Hildegard an, als sie gewahrte, daß sich die Kollegin daranschickte, den Ohnmächtigen auszuziehen. „Sonst schmuddeln wir seine Klamotten ein."

Schwester Sabine legte den Schuh, den sie bereits in der Hand hielt, im Korridor ab. „Die Gondeln hätte er sich getrost noch mal waschen können", sagte sie. Dann half sie Hildegard beim Anlegen des Verbandes, den sie zu einer stabilen, gut sitzenden Haube woben.

Dann begannen die beiden Frauen, den Mann zu entkleiden. Schwester Sabine hatte einen Stuhl herbeigeschafft, auf dem sie die einzelnen Stücke ablegten. Als sie Mantel, Jacke und Hose mit großer Anstrengung ausgezogen hatten, der Mann wieder langgestreckt auf der Pritsche lag, konnte sich Schwester Hildegard nicht enthalten zu bemerken: „Mann, hat der einen Ranzen!“

In der Tat, der Bauch des Mannes ragte beträchtlich über seine übrigen Körperkonturen heraus.

„Ein Mollenfriedhof“, bekräftigte Schwester Sabine. „Was ist der denn von Beruf?“

Schwester Hildegard trat näher zur Lampe, blätterte in den Papieren. „Schau an, einer aus unserer Zunft. Arzthelfer Ernst Boran. Wußte gar nicht, daß es so was noch gibt. Siebenunddreißig – und so einen Wanst.“

„Sollten wir vielleicht doch eine Blutprobe..?“

„Was haben wir davon? Und der ist gestraft genug.“ Hildegard strich dem Manne über die Verbandskappe.

Unterdessen hatten die beiden Schwestern den Boran aus- und ihm das unförmige Anstaltsnachtgewand angezogen.

„Ich werde vorsichtshalber beim Röntgen anrufen, daß sie nicht mehr pennen, wenn wir kommen.“ Sabine lächelte und warf einen anzüglichen Blick auf die Stationsschwester. Indessen schob diese den Patienten durch die Flügeltür in Richtung Lift.

Wenig später rollten sie die Pritsche mit Herrn Boran zurück auf die Station. Keine Fraktur, hatte man festgestellt. Also würde er bald wieder auf den Beinen sein, dachte Stationsschwester Hildegard, aber sie wunderte sich über die anhaltende Ohnmacht des Mannes.

Sie dirigierten die Pritsche in das Zimmer 14, in dem sich bereits zwei Patienten befanden. Einer richtete sich im Bett auf. „Nichts weiter, Herr Schmitt, ein Zugang“, raunte Schwester Sabine.

Im Scheine der Notbeleuchtung rollten sie den Verletzten mit geübten Griffen auf das Bett.

„Miß 'n Blutdruck, gib ihm die Spritze“, ordnete Schwester Hildegard an, „und dann müßte man ab und an nach ihm sehn, falls er aufwacht.“

Mit schwerem Schritt ging Stationsschwester Hildegard.

Schwester Sabine holte den Blutdruckmesser.

Der Patient lag auf dem Rücken und atmete flach. Noch hatte man das Bettzeug nicht über ihn gebreitet.

Schwester Sabine kehrte zurück, knipste die Nachttischlampe an und legte dem Patienten den Gurt um den Oberarm. Dann pumpte sie Luft in das Gerät, ihr Blick ging dabei über den Verletzten hinweg ins Leere. Tausendmalige Routineverrichtung, das Blutdruckmessen. Ob die modernen, lang versprochenen Geräte überhaupt mal kommen, dachte sie.

Vorn im Gesichtsfeld, verschwommen, eine Bewegung, als stülpe der Bauch des Daliegenden sich aus.

Ich muß mal zum Augenarzt, dachte Schwester Sabine. Das blöde Augenflimmern wieder. Sie las die Skale ab, ließ aus dem Ventil Luft entweichen.

Beim Abhorchen des Pulses ging ihr Blick abermals über den Leib des Boran. Und da war es wieder, kein Zweifel!

Sabine blickte scharf, die Hörmuschel des Gerätes glitt vom Arm des Patienten, die Luft verzischte. Keine Frage, der Bauch stülpte sich aus, in Buckeln von zwei bis drei Zentimetern Höhe.

Schwester Sabine stand hastig auf. Der Meßapparat wäre beinahe zu Boden gestürzt. Sie legte Boran eine Hand, beide Hände auf den Leib. Und ohne wenn und aber: Da bewegte sich etwas!

Sie zerrte unsanft unter dem Liegenden einen Zipfel des Anstaltsgewandes hervor, krempelte dieses hoch, legte so Borans Bauch bloß. Wieder betastete sie diesen. Und da war es abermals, geringfügiger als vordem, aber deutlich, so, als drücke jemand von innen gegen die Bauchdecke.

In Sabine stieg es siedendheiß auf. Sie konnte sich nur an einen Zeitraum in ihrem Leben erinnern, da ihr ähnliches widerfahren war. „Ich spinne!" sagte sie laut. Im Bett gegenüber hörte für Augenblicke leichtes Schnarchen auf.

Schwester Sabine hielt eine Hand auf den Bauch des Mannes, mit der anderen fingerte sie nach der Hörmuschel des Stethoskops. Sie war so aufgeregt, daß sie die Fühler nicht sogleich in die Ohren bekam, sondern sich in den Haaren verhedderte. Blähungen, dachte sie erleichtert, Blähungen wird der haben – zwar gewaltige, aber vielleicht hat er ein ganzes Kilo Zwiebeln... Daß ich da nicht gleich darauf gekommen bin. Sabine verspürte direkt körperliche Erleichterung. Dennoch setzte sie die Hörmuschel auf. Ein Glucksen war da, also – sag ich's nicht, Bläh... Halt! Ein leises, schnelles, rhythmisches Klopfen! Schwester Sabine sah auf, holte tief Luft, fuhr mit der rechten Hand unter dem Hemd des Patienten bis zur Herzgegend. Kräftig und langsam pochte es da.

Wieder setzte Schwester Sabine die Hörmuschel auf, wieder diese Töne, keineswegs vergleichbar mit dem Puls des Boran...

Schwester Sabine richtete sich langsam auf, sah sich im Dämmerlicht um. Drüben die zwei Betten, der Boldt mit dem Leistenbruch und der Schmitt mit dieser komplizierten Ellenbogen-Ope. Hier dieser Boran – nebenan das Bett leer... Ich habe mit Hildegard Nachtschicht... Träumen tue ich demnach nicht, also muß ich spinnen!

Langsam erhob sich Schwester Sabine. Ohne einen Blick vom Bauch des Boran zu lassen, tastete sie nach dem Schalter der Klingel. Dann drückte sie den Knopf, lang, kurz, wieder und wieder...

Schritte draußen, ein verhaltener Ruf: „Sabine..?"

Schwester Sabine huschte zur Tür, schlüpfte hinaus.

Ein wenig außer Atem stand Stationsschwester Hildegard im Korridor. „Is'n los?" fragte sie unwillig. „Spinnt der Neue?"

„N-nee – aber wahrscheinlich ich!" stieß Schwester Sabine erregt hervor. Ihr gerötetes Gesicht drückte eine Art ungläubiges Entsetzen aus. „Der kriegt – ein Kind!" stieß sie hervor.

Stationsschwester Hildegard wich einen Schritt zurück, musterte Sabine. „Du spinnst!" sagte sie.

Schwester Sabine blickte hilflos. „Vielleicht, sag' ich doch!", murmelte sie.

Hildegard wurde ernst. Sie legte der Kollegin die Hand auf die Stirn und fragte, nun doch ein wenig besorgt: „Geht's dir gut? War'n bißchen viel in der letzten Zeit, hm?"

„Schau es dir wenigstens an", flehte Schwester Sabine. „Herztöne..."

Forsch hatte Stationsschwester Hildegard die Tür aufgerissen, die Deckenbeleuchtung eingeschaltet, und mit zwei Schritten stand sie am Lager des Boran. Schwester Sabine beschwichtigte den kerzengerade im Bett sitzenden Schmitt, dann trat sie ebenfalls zu dem Verletzten, wandte keinen Blick von dessen im hellen Licht ungeheuer weiß erstrahlendem Bauch und rief „da!“ als sich erneut eine Beule abformte.

„Seh ich selber“, raunzte Stationsschwester Hildegard.

Schwester Sabine reichte ihr das Stethoskop. Hildegard wehrte zunächst ab, nahm es dann doch, horchte an mehreren Stellen den Bauch ab. Schweißperlen traten auf ihre Stirn. „Hol den Möller“, sagte sie dann, nun doch arg fassungslos. Sie ließ sich auf den Stuhl fallen, stierte vor sich hin und schüttelte nachhaltig den Kopf.

„Ist etwas passiert?“ fragte Herr Schmitt, der Ellenbogen, mit belegter Stimme.

Stationsschwester Hildegard fuhr zusammen. „Nein, nein“, stammelte sie. „Schlafen Sie ruhig weiter.“

„Möller kommt gleich.“ Schwester Sabine stand in der Tür.

„Was meint er?“

„Ich hab ihm – davon noch nichts gesagt.“

Stationsschwester Hildegard machte eine Kopfbewegung zum Ellenbogenpatienten Schmitt hin. „Wir schaffen den hier in die siebzehn.“

Schwester Sabine nickte verstehend, und sie rollten den Patienten Boran in das Einzelzimmer Nummer 17, welches ansonsten Problemfällen vorbehalten blieb.

„Ist ja doch etwas passiert!“ murmelte rechthaberisch Herr Schmitt und ließ sich in sein Bett zurückfallen, bevor Schwester Sabine das Licht löschte.

Als Diplommediziner Möller sich und einen Entschluß gefaßt hatte, wischte er sich den Schweiß von der Stirn und nahm dankbar das Angebot einer Tasse Kaffee an. „Er hat gesagt, daß er stehenden Fußes kommen wolle, obwohl er uns...“, Diplommediziner Möller lächelte süßsauer, „...alle für total irr hält. Er war jedenfalls ganz schön ärgerlich.“

„Wenn es wirklich so ist – äh, ich meine, daß der schwanger ist, hätt’s ja auch bis morgen Zeit gehabt“, bemerkte Stationsschwester Hildegard anzüglich. „Es sei denn...“, sie lachte ein wenig hämisch, „... die Wehen setzen vordem ein. Da wäre allerdings eine Hebamme angebrachter gewesen. Außerdem müßte er in den Kreißsaal. Na, die würden dort Augen kriegen..." Doch urplötzlich fiel die Stationsschwester aus ihrer Scherzlaune. Sie schlug sich zum wiederholten Male mit der flachen Hand an die Stirn und stammelte stereotyp: „Das gibt es nicht! Unmöglich!" Das Widersinnige dieses Ereignisses war ihr erneut in den Sinn geraten.

Sie standen zu dritt mit gesenkten Köpfen im Korridor, als Chefarzt Meger wie ein Kugelblitz durch die Pendeltür gefahren kam. Seine Stimmung konnte man erahnen, nachdem man gehört hatte, wie er sein ansonsten verhätscheltes Auto vor dem Haus eingeparkt und dessen Tür zugeschlagen hatte.

Chefarzt Meger hatte sich wirklich beeilt. Zur obligatorischen Fliege hatte offenbar die Zeit nicht gereicht. Der Eintagebart sproß. Sein Gesicht, das kugelrunde mit dem atollartigen Haarkranz, war gerötet, und die in Speck eingebetteten kleinen Augen rollten böse. Er grüßte nicht, sondern fuhr die drei an: „Gnade euch Gott, wenn ihr euch einen schlechten Witz mit mir erlaubt. Sie, Hildegard, habe ich immer für einen einigermaßen vernünftigen Menschen gehalten. Wo habt ihr dieses vermeintliche Unikum?"

„Siebzehn, Zimmer siebzehn." Stationsschwester Hildegard spürte auf einmal eine schnürende Furcht. War man am Ende einem Gaukler, einem Scharlatan aufgesessen? Einem, der sich einen Jux machte? Nein! Die Schädelwunde wäre ein zu großes und – gewagtes Entree gewesen!

„Siebzehn", fauchte Meger. „Also in die siebzehn!" Das klang wie: Ihr werdet schon sehen, was ihr davon habt!

Stationsschwester Hildegard, im Dienste symbolisch ergraut, erlebte in gewisser Weise – und sie empfand und genoß es trotz der eigenen Erregung – eine Sternstunde. Keiner konnte von sich behaupten, Meger schon einmal klein gesehen zu haben. Aber was da jetzt vor dem Bett des Boran hockte, schwitzend, abgeschlafft, hilflos, ein Haufe dicker, auswegloser Mensch, das war mehr als nur klein, das war schon wie zerstört, zerschmettert... Und das alles, weil er schließlich die Diagnose des Diplommediziners Möller bestätigen mußte. Klar war sie zwar auch ihm von der ersten Minute an. Dieser männliche Mensch, dieser Mann namens Boran, dieser Kopfverletzte war schwanger, hochschwanger. Etwas Unerhörtes, Unvorstellbares, und das hier...

Ein wenig frohlockte Stationsschwester Hildegard, was ihr jedoch das Gefühl, an etwas Ungeheuerlichem teilzuhaben, nicht fortnahm. Aber den herrischen, meist grantigen Meger so zu sehen, das war ihr schon eine Art innerer Vorbeimarsch. Ein Blick zu Schwester Sabine – sie verstanden sich.

Diplommediziner Möller hielt sich dienstbeflissen bereit, jede nun notwendige Anordnung prompt auszuführen. Allein – zunächst ließ solches auf sich warten.

„Welcher Neunmalkluge hat den hier..." begann Chefarzt Meger eine Frage, und einen Augenblick schien es in der Tat, als ob er sich aufraffen würde. Dann winkte er jedoch ab und sackte abermals in sich zusammen. Niemand erfuhr so, was er jenem Neunmalklugen vorzuwerfen gedachte.

Der Mann würde zu irgendeinem Zeitpunkt von seiner Ohnmacht in den Schlaf überwechseln, wann? Man mußte ständig versuchen, ihn zu wecken, man mußte ihn befragen. Meger aber wußte, daß nach solchem Sturz eine Ohnmacht schlimmstenfalls Tage dauern konnte. Und noch reagierte der Verletzte auf alle Versuche, ihn zu ermuntern, nicht. Konnte aber nicht auch sein Zusammenbruch, sein Sturz, auf die Schwangerschaft zurückzuführen sein? Wer sollte sich da schon auskennen. In Meger sträubte sich alles, in diesem Konnex wirklich „Schwangerschaft" zu denken. Aber die Symptome, alle Symptome... Er wäre geneigt gewesen – obwohl er sonst solche Dinge strikt ablehnte, und hätte es die Kopfwunde nicht gegeben, – an eine Art Massensuggestion zu glauben, wobei die Masse nunmehr aus vier Personen mit den gleichen Wahrnehmungen bestand.

„Ich weiß nicht...", bemerkte plötzlich Schwester Sabine, die, wie um die nutzlos verstreichende Zeit zu überbrücken oder aber das Wunder zu genießen, in den Bauch des Boran hineingelauscht hatte. „Mir ist, als seien die Herztöne des – Kindes leiser geworden..."

„Leiser", wiederholte Meger mechanisch, ungläubig. Doch plötzlich geriet Leben in den bis dato entnervt, apathisch Dasitzenden. „Trommeln Sie das Team für Komplikationsgeburten zusammen, schaffen Sie den da in den Kreißsaal, bringen Sie ihn zu sich, bereiten Sie eine Fruchtwasserkontrolle vor. Was stehen Sie noch rum, Beeilung Leute, wenn ich bitten darf. Hauser soll das selber machen. Natürlich werde ich auch dabei sein. Muß nur noch telefonieren..."

Unmittelbar nach der durch die Bauchdecke vorgenommenen Fruchtwasserentnahme kam Boran, womöglich durch den Schmerz des Einstiches, ein wenig zu sich. Die Hebamme Waltraut tätschelte ihm das Gesicht, damit er auch anwesend bliebe. Sie rief in einem fort: „Herr Boran, Herr Boran, hören Sie mich?"

Wie wahrscheinlich so mancher in ähnlicher Lage, blickte der Geplagte verständnislos umher, dann stöhnte er und führte seine Hand zum Hinterkopf. Aber statt des üblichen „Wo bin ich?" lallte er: „Was ist los?" Das Sprechen fiel dem Manne offensichtlich außerordentlich schwer.

Chefarzt Meger traf ein, in seinem Gefolge wie ein Kometenschweif Doktor Hauser, der Geburtenarzt, Doktor Mai, die Gynäkologin. (Was die wohl soll? dachte Stationsschwester Hildegard, die, obwohl nicht in den Kreißsaal gehörig, anwesend blieb.) Doktor Ott, der Kreisarzt, bildete den Schluß.

Eine Laborantin betrat eilig die Szene, flüsterte Doktor Hauser etwas zu, zeigte ihm einen Zettel, über dessen Inhalt sie einige Augenblicke leise debattierten.

Dann drängte Hauser: „Kollegen, wir müssen entscheiden, es ist keine Zeit zu verlieren, die Werte verschlechtern sich. – Herr Boran, Herr Boran, hören Sie mich?" rief er. Und es waren ihm unschwer Erregung und Verunsicherung anzusehen.

Der Angerufene blickte verständnislos.

„Sie sind schwanger, Herr Boran, schwanger!" rief Doktor Hauser überflüssigerweise.

Der Patient Boran nickte im Kissen. „Ja", hauchte er. „Wäre heute noch in die Klinik – gekommen...", setzte er leise, stockend hinzu. „Es wird Zeit, glaube ich..." Und da sank er erneut in seine Ohnmacht.

Doktor Hauser blickte nach wie vor unentschlossen und unsicher in die Runde.

„Na, Kaiserschnitt natürlich. Anders wird es wohl kaum werden!" Doktor Mai kam Hauser zu Hilfe. Sie lächelte.

„Ja, ja – na-natürlich.“ Doktor Hauser gab sich einen Ruck. Es schien, als ob jeder, der diese zwei Stunden mit dem Fall Boran befaßt war, sich vor jeder Aktivität von einem immensen, totalen Desordre befreien mußte.

Doch dann fiel Doktor Hauser in geschäftige Routine.

Während Doktor Hauser seinen ungewöhnlichsten Kaiserschnitt ausführte, trafen in der Klinik, von Chefarzt Meger animiert und gebeten, der Landesarzt (mit einem Polizeihubschrauber!), ein höherer Gesundheitsministerialbeamter, der einen Professor für moderne Anthropologie mitbrachte, und der Vorgesetzte des Boran, ein privat praktizierender Doktor Tich, ein.

Diese Neuankömmlinge und alle anderen zuvor mit dem Fall Befaßten – außer Schwester Sabine, einer mußte schließlich auf Station bleiben – standen eine halbe Stunde später entnervt und fassungslos vor der Glasscheibe, hinter der Hebamme Waltraut das rote, gesunde, soeben dem Herrn Boran entbundene stramme Mädchen emporhielt.

„Da ist wenig zu sagen... Das heißt, ich möchte nur wenig sagen.“

Der Muttervater Boran saß im Bett bei stark angekipptem Kopfteil. Im Arm hielt er ziemlich fachfrauisch Dolores, die Neugeborene, gab ihr geschickt die Flasche mit Muttermilch.

Vor dem Bett – noch immer im Einzelzimmer Nummer 17 – saßen drei Journalistinnen. Mehr hatten der Klinikdirektor und Herr Boran nicht zugelassen: Fernsehen – allerdings nur mit Standfotos –, Rundfunk und die innländische Nachrichtenagentur.

Unschwer konnte man Herrn Boran seinen Stolz auf die Leistung ansehen. Er hatte nur noch den Hinterkopf verpflastert. Freude verklärte sein etwas weiches Gesicht, und insgesamt vermittelte er den Eindruck ausgeglichener Zufriedenheit. Und aus seiner Zuneigung zu dem winzigen Menschlein in seinem Arm machte er auch vor den Reporterinnen kein Hehl. Seine Sorge galt dem Nuckel, der von dem kleinen Mäulchen noch nicht so perfekt bedient werden konnte. Behutsam tupfte Herr Boran die aus den Mundwinkeln der Kleinen träufelnde Milch hinweg. Man konnte sich mitleidend vorstellen, wie sehr es wohl die Dame vom Fernsehen bedauerte, nicht wenigstens ein Video-Kurzfilmchen drehen zu dürfen...

Herr Boran sprach mit größeren Pausen, ausschließlich darauf bedacht, daß die kleine Dolores mit der Ersatzbrust ordentlich zurechtkam und sich ihr vorgeschriebenes Quantum einverleibte.

„Vor...", Herr Boran lächelte, „...zehn Monaten etwa – na, das haben Sie längst herausgefunden – kam meine Frau bei einem Unfall zu Schaden, der sich glücklicherweise einigermaßen beheben läßt. Was Ihnen aber möglicherweise entgangen ist: Wir bemühten uns seit Jahren um ein Baby. Ich verkürze das und schildere den Leidensweg nicht. Schließlich blieb die Invitro-Zeugung. Und der Termin der Replantation fiel mit dem Unfall zusammen... Nun ja, das wäre das Schlimmste nicht gewesen, aber die Ärzte rieten der Verletzungen wegen, bei Liane – das ist meine Frau – keinen derartigen Eingriff vorzunehmen. Nun, da bin ich eingesprungen – das heißt natürlich nicht offiziell –, eine simple Bauchhöhlenschwangerschaft, die bei unsereinem wesentlich ungefährlicher ist als bei einer Frau; denn bekanntlich sind Männern keine Eierstöcke gewachsen...", Herr Boran lächelte erneut, „...die sind bei Frauen ja meist der Ausgangspunkt von solchen Bauchhöhlenschwangerschaften. Und das Gefährliche dabei ist eben, daß diese äußerst zarten Gebilde die – Volumenzunahme nicht vertragen, wenn Sie wissen, was ich damit meine...

Wie ich an die Eizelle kam und wer implantiert hat, darüber möchte ich aus begreiflichen Gründen nicht sprechen. Der Glücksfall ist, daß es auf Anhieb – wie Sie sehen – funktioniert hat."

Herr Boran setzte die Flasche auf den Nachtkasten und hielt die Kleine in die Senkrechte. „Nun mach dein Bäuerchen, ja, ein schönes Bäuerchen..."

Unvermittelt setzte Herr Boran fort: „Meine Frau ist für ein halbes Jahr zur Rekonvaleszenz im Ausland. Sie weiß es noch nicht." Und es war Herrn Boran anzusehen, was für eine Freude ihm diese Überraschung sein würde...

Der Lautloser

Was kann mir passieren, wenn etwas herauskommt?

Welche Konsequenzen wird es haben, auch wenn nichts ruchbar wird? Seit Tagen – oder waren es schon Wochen? – quälten Tom Sajdel diese Fragen.

Das kommt davon, wenn man zögerlich ist, ängstlich, vielleicht feige. Bin ich feige? Ein wenig vielleicht. Die verdammte Angst vor etwaigen Folgen für einen selber und für andere – das ist schon Feigheit.

Als das Maschinchen fertig war, hätte ich handeln sollen, einfach installieren, die Wirkung beobachten und bei günstiger Gelegenheit abbauen und verschwinden...

Mochten die Überraschten in ihrer Ratlosigkeit verzweifeln. Ein Schaden entsteht nicht, das Drumherum müssen sie eben verkraften – in der heutigen, eindrucksüberfluteten Zeit sicher nur eine Frage von Tagen. Erst werden die unmittelbar Beteiligten erschreckt sein, dann verwundert, werden das Erlebte ausposaunen: „Denk' dir..." und „da war plötzlich...". Die Angesprochenen werden total verwirrt sein, weil sie ihren Gegenüber bis dato für ganz vernünftig gehalten hatten, werden – je nach Temperament – sich an die Stirn tippen, unmißverständlich. Andere werden zunächst rückfragen, ungläubig, um dann ebenfalls eindeutig und kopfschüttelnd zu reagieren. Die Höflichen werden von etwas Unerklärlichem schwatzen und sich im stillen ein Urteil bilden, ebenfalls kein schmeichelhaftes. Alles wird darin münden, daß die Betroffenen als Spinner dastehen und schließlich selber annehmen, daß sie solche sind, und sie werden nachdenklich zur Tagesordnung übergehen – mit dem Zweifel an sich und mit einer obstrusen, imaginären Erinnerung.

Also – weshalb diese blöde Unentschlossenheit!

Und wenn man das Maschinchen findet? Aber wie sollte man? Ein Uneingeweihter hat nicht den Code... Und wie sollte ein Außenstehender vermuten, daß eine Maschine solches bewirkt? Ich muß mich nur geschickt genug anstellen, mich nicht erwischen lassen.

Also gut, schließlich muß es ausprobiert werden, draußen im aktuellen Lärm! Ein Erfinder, ich muß wissen, was ich dem Ding zutrauen kann, wann es überfordert ist, welche Bedingungen es mag... Was nützt es schon, wenn ich es in der Stube immer und immer wieder ausprobiere. Es funktioniert – hier in den vier Wänden, löscht das Radio, meine Stimme... Ja – es muß auch draußen in jeder Lärmkonstellation funktionieren, müßte!

Tom Sajdel schrie unvermutet auf, daß jedem Mitbewohner im Hause, wäre einer anwesend gewesen, ein Schreckschauer über den Rücken gelaufen wäre. Der Lautindikator, das grüne Anzeigenband am aufnahmebereiten Recorder, flammte, zuckte nicht, blieb unbeweglich als lahmer grüner Punkt in der linken Ecke des Anzeigedisplays hocken.

„Na bitte!", sagte Tom Sajdel laut und rechthaberisch. Auch bei diesen Lauten tut sich nichts."

Zum zigsten Male schritt Tom Sajdel zum Sofa, schaltete den Recorder auf Wiedergabe, und sofort drangen aus dessen Lautsprechern die schrecklich schrillen, an einen frustrierten Kastraten erinnernden Schreie eines bekannten Popröhrers in Überlautstärke ins Zimmer und wahrscheinlich das Haus bis auf den letzten Kubikzentimeter ausfüllend.

Denkste, dachte Tom Sajdel befriedigt, nahm mit einem Satz seinen vorigen Standort abermals ein, und ein verklärtes, selbstgefälliges Lächeln überzog sein Gesicht. Natürlich – na bitte – Tom, es funktioniert! Und es war, wie stets in diesen hundertmal genossenen Augenblicken, als könne er dem Höllenlärm in der Stille, die sich plötzlich wie eine Glocke über ihn stülpte, nachlauschen. Auf dem Sofa aber, im Recorder drehten sich die Kassettenspulen, flackerte das grüne Band im Rhythmus der Schreie, als wollten sie dem Kasten mit aller Gewalt entfliehen.

„Ich mach's, heute mach' ich's!" Aber ich wollte doch in die Sauna! Sauna – warum nicht in der Sauna! Ich muß nur das Gerät hineinschmuggeln – und im Schwitzraum ist es dämmrig. Das gibt einen Spaß!

Mit Bedacht und kribbliger Vorfreude packte Tom Sajdler seine Utensilien, probierte, wie er das Gerät am besten unentdeckt transportieren könne und machte sich wie befreit, weil endlich entschlossen, auf den Weg.

Tom Sajdler trat mit gelindem Herzklopfen, die Schuhe – wie es Vorschrift ist – in der Hand, in den Umkleideraum. Frau Nerling, die Sioux – von Tom Sajdler gedanklich ihrer stets geröteten Haut so benannt – mühte sich in bekannter Verrenkung, den Büstenhalter zu öffnen.

Freundlich grüßend schob er sich an der Frau vorbei, zog sich hastig, in der Absicht, die Sioux zu überholen, aus, um für sein Vorhaben einen Vorsprung zu erreichen.

Das Überholmanöver gelang, Tom Sajdler startete oberflächlich geduscht und kaum abgetrocknet in den Heißluftraum, während Frau Nerling noch behaglich unter der Dusche schnaufte. Er trat betont unauffällig ein, grüßte und erklomm, wie gewohnt, die höchste Stufe. Er verkniff den Hitzeschmerz, allzu hastig hatte er sich angelehnt, zog die Beine an und verbarg im Dunkelraum zwischen Fersen und Gesäß sein Gerätchen.

Rechts saß jenes Paar mit Söhnchen. Dessen Papa pflegte, um den Junior bei Schwitzlaune zu halten, meist skurrile Märchen zu erfinden. Wenn der Faden riß, hatte die Frau die Aufgabe, mit dem quängelnden Sohn den Raum vorzeitig zu verlassen.

Links hockten zwei junge weibliche Neulinge, daran zu erkennen, daß sie sich gegenseitig auf bereits auf der Haut sitzende Schweißperlchen aufmerksam machten.

Ganz unten aber lümmelte der junge Marx – seines Vollbartes, nicht der Gesinnung wegen von Sajdler so benamst, dessen Mundwerk mutterwitzig kaum stillstand.

Tom Sajdler war es zufrieden. Wenn man Pech hatte, saß man viertelstundenlang mit Leuten zusammen, die stumm und verbissen vor sich hin schwitzten, pikiert abrückten, wenn ihnen jemand zu nahe kam und den Aufguß nicht leiden mochten.

Der junge Marx drehte auch sofort seinen Bart in Tom Sajdlers Richtung und fragte anzüglich, ob der blaue Golf, der allenthalben als Bankräuberauto gesucht würde, mit dem seinen identisch sei.

Tom Sajdler bejahte. „Das Geld ist draußen im Spind, ich schmeiße nachher eine Runde Cola!"

Die Mädchen kicherten.

Tom Sajdler hatte eingeschaltet, er beobachtete verstohlen scharf, malte sich aus, was jeder wohl gehört haben mochte. Die Mädchen hatten wohl alles mitbekommen, sie saßen zwischen Marx und dem Gerät. Aber schon bei Tom kamen die Worte gehackt an. Die Familie hatte natürlich gesehen, daß die Männer sprachen. Aber dem Schall der Worte hatten die phasenverschobenen Gegenwellen den Garaus gemacht.

Die Frau fuhr den Kopf in die Höhe, was die gedehnte Vertikalkomponente an ihr noch viel länger erscheinen ließ. Großäugig blickte sie zunächst auf den Bärtigen, dann auf ihren Mann. Dieser hatte den Vorgang offenbar nicht verfolgt. „Merkst du nichts?" fragte sie.

Der Mann fragte rück, was er gehört haben solle.

Die Mädchen blickten irritiert, und der junge Marx bohrte den Zeigefinger ins Ohr und begann heftig zu schuppern.

Unterdessen versuchte die Frau, sich weiter verständlich zu machen. Sie meinte, mit einem Male sei im Raum die Akkustik so schlecht geworden. „Empfinden Sie das auch?" fragte sie Tom.

Er verstand sie – weil er kurz abgeschaltet hatte – und verneinte.

Die Mädchen verließen den Raum.

„Hast du etwa die Tür schlagen hören?" fragte die Frau ihren Mann, nun schon erregt.

„Welche Tür?" fragte er nun doch aufmerksam, wohl weil ihm das Verhalten der Frau merkwürdig vorkommen mochte.

„Na, die Saunatür!" antwortete sie heftig.

Jetzt begann auch der Bärtige das Spiel erstaunt zu verfolgen, obwohl er etwas hören mochte, aber wahrscheinlich ungewöhnlich beeinträchtigt.

Der Familienvater zuckte mit den Schultern, seinem Gesichtsausdruck war deutlich abzulesen, was er vom gegenwärtigen Geisteszustand der Frau hielt, und er wandte sich dem

Sohn zu, der Laute der Unzufriedenheit ausstieß und unterhalten werden wollte. „Also", hub Papa an, „als der Wolf sein Maul aufriß, warf Rotkäppchen ihm den Recorder in den Rachen, der sofort und laut das Lied 'ein Männlein steht im Walde' plärrte, worauf der Wolf..."

„Das ist doch zu blöd!" rief der junge Marx.

„Na, erlauben Sie mal", protestierte der junge Mann. „Dem Jungen gefällt das eben so. Sie müssen doch nicht hinhören!"

Tom Sajdler stach der Hafer. Er ließ sich samt Gerät auf die mittlere Bank gleiten, befand sich nun ungefähr zwischen den beiden Kontrahenten.

„Was ist?" rief Marx und hielt sich die Hand zur Muschel geformt ans Ohr, stand auf und setzte sich neben den Märchenerzähler.

„Es geht niemanden etwas an, was ich meinem Sohn erzähle", rief dieser im versöhnlichen Ton, denn im allgemeinen sind Saunagänger friedfertige Menschen, und man kannte sich außerdem schon länger.

Da die beiden sich nun nahe beieinander und rechterhand von Toms Gerät befanden, konnten sie sich verstehen, obzwar sich der Nachhall verändert haben mochte.

Der Bärtige stutzte, runzelte die Stirn. „Ich hab' doch nichts gegen eure Märchen, find's ganz amüsant..."

Indessen betrat die Sioux den Raum, grüßte an der Tür, blieb jedoch unschlüssig stehen, weil sie den Mann sprechen sah, aber nicht hörte. „Was ist den hier los?" fragte sie verwirrt, was wiederum außer Sajdler niemand wahrnahm.

„Ich meine hier im Raum...", rief der junge Marx und zog mit beiden Händen weit ausholende Kreise um seine Ohren. „Merkt ihr denn nicht, wie merkwürdig das ist. Merken Sie das auch?", wandte er sich an Frau Nerling.

Die Sioux, die gerade die oberste Stufe erklommen hatte, wich mit Entsetzen im Blick an die Wand, die natürlich heiß war und die Frau wieder zurückzucken ließ. Sie fühlte sich zweifelsfrei angesprochen und vernahm nichts.

In Tom Sajdler hatte sich während dieser kuriosen Saunaminuten ein ungeheures Gefühl des Triumphes breit gemacht. Immer wieder jubilierte es in ihm: Es funktioniert!

Doch dann eine mahnende Stimme in ihm: Aber Tom – nicht zum Schabernack. Und beinahe bekam er Gewissensbisse, angesichts der wie angenagelt stehenden Frau Nerling und dem sprachlosen jungen Marx, der ratlos von einem zum anderen blickte. Auch der Märchenpapa hatte nun begriffen, daß Merkwürdiges im Gange war und sah besorgt auf seine Frau, die nervös Kleinspielkram zusammensuchte und offenbar die Absicht hegte, dem Unheimlichen zu entfliehen.

Tom Sajdler setzte dem Treiben ein Ende. Nein – nicht zum Schabernack! Ein Segensbringer würde seine Erfindung sein.

Abermals durchströmte ihn ein Glücksgefühl. Geschafft! Und es hat gar nicht so lange gedauert von der Idee bis zum Erfolg. Es hätten längst andere darauf kommen müssen, Gescheitere. Er schloß die Augen, und sofort konnte er sich hineinsuggerieren in Hauptstraßen von Städten, jetzt sogar schon in Dörfern – Lärm, Lärm, penetranter Lärm allenthalben. Ein unaufhörliches Brausen, Scheppern, Quietschen – vermengt zu einer erstickenden Schicht. Und so einfach die Idee: Ein Empfänger nimmt auf, verschiebt die ankommende Welle um eine halbe Wellenlänge, sendet sie flugs zurück, und aus, Ruhe! Nunja – eine Knobelei wars schon, es ging schließlich um die Vielfalt der Geräusche, um ein sehr breites Frequenzband. Aber wie dem auch war: Geschafft!

„Wahrscheinlich war's gestern Abend doch ein Bier zu viel", brummelte der junge Marx. Entschuldige!" Und er trollte sich zurück auf seinen Platz.

„Aber irgend etwas war", behauptete die Sioux. Sie wischte über die Stirn, sie war vorzeitig ins Schwitzen geraten. „Einen Augenblick habe ich gedacht, ich höre nicht mehr..."

„Das ist der Stretz", witzelte der Bärtige. „Der bringt uns noch alle in die Klappsmühle."

„...was hat dann der Wolf gemacht?" krähte der Junge.

„Was für ein Wolf..?" fragte der Papa, offenbar sann auch er noch dem merkwürdigen Erlebnis hinterher. „Ach ja, der Wolf... Also, der Recorder spielte das Lied 'Hänschen klein'..."

„Hihihi", kicherte der Sohn. „Doch nicht 'Hänschen klein'! 'Ein Männlein steht im Walde'!"

Tom Sajdel beschloß – sehr zufrieden an diesem Nachmittag –, nur noch die Sauna zu genießen, zu schwitzen, zu ruhen, den verrückten Märchen zu lauschen...

Nur ein Experiment stand noch aus: Die totale Stille. Auf der Pritsche im Ruheraum wollte er darüber nachdenken.

Halt – da war noch ein Reflex!

Sorgfältig verbarg Tom Sajdler das Kupferfädchen hinter dem Bild. Noch einmal überprüfte er, ob seine paar feinen Antennendrähtchen im Raum unentdeckt bleiben würden. Wenn Garmer... Niemand wird spitzkriegen, dachte Tom, wer hinter dem, was sich abspielen wird, steckt.

Im Grunde genommen ist es kein Spaß mehr, dachte Tom Sajdler. Aber was sein muß.... Diesen Test muß ich noch haben. Und hier kenne ich mich aus. Anderwärts hätte ich weit mehr Vorkehrungen treffen müssen. Und man weiß nicht, wie dort die Betroffenen reagieren würden, hier ahnt man's ungefähr, weil man sich ja kennt...

Hundertmal kann man Bedenken, hundertmal Gegenargumente finden, hundertmal bleiben die blöden Zweifel. Schon wieder diese verdammte Feigheit...

Auf keinen Fall sollte man mich hier im Raum als ersten antreffen.

Tom Sajdler betrat den Raum abermals drei Minuten vor der anberaumten Beratung der Leitungscrew. Außer dem Chef waren alle bereits anwesend. Er blickte sich unauffällig um, keines der fünf Drähtchen war zu entdecken.

Dann kam forsch wie stets Garmer, setzte sich ans Kopfende des Tisches und begann ohne Umschweife: „Meine Damen und Herren, wir haben heute eine umfangreiche Tagesordnung, ich bitte mir also Disziplin aus. Ein Schwerpunkt ist..."

Niemand in der Runde erfuhr etwas zu diesem Schwerpunkt. Tom Sajdler hatte seinen Wandler eingeschaltet.

Garmer stutzte.

Tom Sajdler wußte, daß im Hören ein Zustand eintreten konnte, der dem beim Landen in einem Flugzeug oder dem Befahren eines tiefen Schachtes nicht unähnlich ist, solange kein Druckausgleich stattgefunden hat.

So mochte es Garmer ergehen; den anderen schlimmer:

Sie sahen erstaunt auf, dann gespannt auf Garmer, darauf sich gegenseitig an. Ein Anflug von Heiterkeit huschte über die Gesichter, dieser aber wurde zunächst von Staunen, dann Entsetzen abgelöst.

Alle starrten auf Garmer, dessen Lippen sich grotesk bewegten, lautlos und wahrscheinlich bedeutende Worte formten – Garmer hielt alles, was er sagte, für bedeutend. Er unterstrich mit charakteristischen Handbewegungen...

Tom Sajdler bemühte sich, sein Lachen, seinen Triumph zu verbergen. Auch total also funktionierte das Maschinchen! Im übrigen strengte er sich an, es den anderen gleich zu tun.

Im Raum hob totenstiller Tumult an. Man rief sich zu, schlug mit Händen und Notizbüchern auf den Tisch, sprang auf, setzte sich. Mit herrischer Geste gebot Garmer – wahrscheinlich – Disziplin.

Nur wenn der Nachbar unmittelbar neben dem Kopf des anderen etwas rief, ließen sich verstümmelte, gehackte Satzfetzen vernehmen.

Garmer wurde zornig, sein Gesicht rot. Offenbar fühlte er sich zunächst einer Verschwörung ausgesetzt: Aber dann mußten ihn wohl die entsetzten Gesichter seiner Mitarbeiter, deren mittlerweile resignierende Hilflosigkeit, eines Besseren belehren. Es packte auch ihn eine Art Panik. Er schrie etwas mit puterrotem Gesicht, dann sprang er plötzlich auf, rannte zum Fenster und öffnete dieses mit aller Hast. Aber – Sajdler ahnte das – auch das nutzte nichts. Gnadenlos wurde der Straßenlärm von den Gegenwellen verschluckt.

Garmer, sich über das Vergebliche seines Versuchs im klaren, stand einen Augenblick unschlüssig, betrachtete sekundenlang bestürzt die wild gestikulierende Runde, schrie dann – lautlos, versteht sich – etwas, wies zur Tür und begab sich mit langen Sätzen selbst dorthin, riß sie auf und winkte heftig, ihm zu folgen.

Man kapierte.

Überhastet rafften einige ihre Papiere auf, andere ließen alles stehen und liegen, Stühle kippten um, und man drängte nach draußen.

Tom Sajdler tat mit. Er achtete jedoch darauf, letzter zu werden. Mit einem raschen Griff riß er sein Kästchen an sich, wikkelte die abgefetzten Kupferdrähtchen drum herum und ließ es in die Tasche gleiten. Dann hastete er den anderen hinterher und gesellte sich zu ihnen, befand sich mitten in einem aufgeregten Gebelle.

Man stand im geballten Haufen, schrie aufeinander ein, jeder auf jeden, und versuchte lautstark, dem anderen seine unheimlichen Eindrücke zu vermitteln.

Tom Sajdler hätte am liebsten lauthals lachen mögen. Stattdessen versuchte er mit gebotener Schauspielerei seinen Beitrag zum Tumult zu leisten. Er hatte das Gefühl, als wolle der Stolz seine geblähte Brust sprengen.

Ob durch den Lärm aufmerksam geworden oder zufällig: Es kam der Direktor daher. Er ging spornstreichs auf Garmer zu, der Radau ebbte schlagartig ab. „Ich kann mir nicht denken, Herr Garmer, daß die Neuregelung der Befähigungsnachweise, über die Sie heute beraten wollten, solche – äh – Wellen auslöst!“

Plötzlich redeten alle auf den Direktor ein, wiesen auf das Beratungszimmer, die Sekretärin zerrte ihn gar am Ärmel.

„Aber liebe Kollegen!“ Lautstark verschaffte sich der Direktor Gehör.

„Ein Phänomen, Herr Direktor, ein unerklärliches – wenn, wenn – Sie sich überzeugen wollen...“, stotterte Garmer.

„So“, sagte der Direktor in einem äußerste Skepsis dokumentierenden Tonfall. „Ein Phänomen also“, und er betrat den Raum.

Man folgte ihm – auf einmal still und zögerlich, als beginge man ein Sakrileg.

Sie standen gedrängt am Kopfende des Tisches, bedrückt und zu feige, ein Geräusch zu verursachen, geschweige denn, ein Wort zu sprechen.

„Na – wo ist ihr Phänomen?“, fragte der Direktor überlaut und hämisch, daß Garmer, der unmittelbar neben ihm stand, zusammenfuhr.

Plötzlich redeten abermals alle durcheinander, begierig, nunmehr dem Direktor ihre Wahrnehmungen mitzuteilen.

„Was soll das, Kollegen“; rief dieser. „Garmer, erklären Sie das!“

„Da war, war...“, Garmer geriet erneut ins Stottern. „Wir haben einander nicht mehr hören können, k-k-k-keinen Laut.“ Zustimmungsheischend blickte er in die Runde. Die meisten nickten bekräftigend, Tom Sajdler auch.

Der Direktor runzelte die Stirn, blickte von einem zum anderen, die nun still und hilflos, manche schulterzuckend wie ertappte Lausbuben vor ihm standen.

„Wohl ein vorverlegter Fasching, was?“, raunzte der Direktor. „Ich will das, Garmer, heute nochmal durchgehen lassen. Aber machen Sie das mit mir nie wieder, verstehen Sie!?“ Bei diesen Worten sah er Garmer grimmig ins Gesicht, es hätte nur noch gefehlt, daß er ihm mit dem Zeigefinger das Kinn gehoben hätte. Dann drehte er sich um, verließ den Raum und schleuderte mit dem Fuß die Tür ins Schloß.

Zögernd löste sich der Stehkonvent auf.

„Wir setzen fort“, murmelte Garmer. Das Unfaßliche zeichnete seine Haltung.

Tut mir leid, dachte Tom Sajdler. Aber es mußte sein – und, verdient hat der Garmer das allemal.

Nach der Beratung – diese war von ängstlichem Gebaren durchsetzt, jeder nahm wohl an, das Unbegreifliche könne sich wiederholen – richtete es Tom Sajdler abermals ein, als letzter zu bleiben. Mit raschen Griffen beseitigte er die Reste der Drähtchen. Garmer hatte eine Untersuchung des Raums angekündigt. Er ließe sich nicht zum Löffel machen...

Die Spätsommersonne tauchte den nachmittäglichen Park in sanftes Licht, machte die Luft mild und Tom Sajdler zusätzlich wohlig. Ein durch und durch wunderbarer Tag.

Tom Sajdler hatte seine leichten Gewissenbisse der Kollegen wegen längst verdrängt. Nun, da es gewiß war, daß sich seine geniale Erfindung mit wenig Aufwand in die Praxis umsetzen ließ, sah er sich als hochdotierten Könner tonangebend in Gremien, als Sponsor bedeutender Leute und Ereignisse und natürlich – ein sehr langgehegter Wunschtraum – als Weltenbummler. Und in der Tat, so sagte er sich, es müßte die Erfindung des Jahrhunderts sein, nobelpreisverdächtig.

Nun sollte es ein leichtes sein, jedes Geräusch in seinem

Ursprung zu vernichten. Welche Revolution allein im Verkehrswesen... Lautlose Flugzeuge, Autos, überhaupt alle Maschinen! Nicht auszudenken! Was für ein Erholungseffekt! Ah, in einer Diskothek müßte ich einen Versuch machen..!

Beschwingt und phantasieberauscht setzte Tom Sajdler sich auf eine Bank, die, der Sonne zugewandt, in einem frisch geschütteten Kiesoval stand. Die Kiesel, angereichert mit Glimmer, glitzerten im Licht.

Lautlose Explosionen, wachträumte Tom Sajdler weiter. Schüsse – naja, da könnte Mißbrauch... Aber was soll's – bei den gewaltigen Vorzügen!

Krrsch, krrsch, krrsch – anschwellend, Maximum, abschwellend: Eine Frau mit Kinderwagen schob an der Bank vorbei, störte mit penetrantem Kiesgeknirsche Sajdlers Meditation.

Kaum hatte er das Gesicht erneut der Sonne zugedreht und die schönen Bilder in den Kopf gerufen, joggte, als riebe man eine superharte Riesensemmel auf einem überdimensionalen Reibeisen, ein junger Mann hinter der Bank durch den Steinchenteppich.

Und da hatte Tom Sajdler seine Idee. Natürlich! Das schöne Fleckchen brauch' ich mir doch nicht vermiesen zu lassen! Ich nicht!

Er zog sein Gerät aus der Tasche, wickelte die Drähtchen ab, glättete sie und legte sie vor und hinter der Bank ab. Dann setzte er sich bequem, das Gesicht zur sanften, wärmenden Sonne und schaltete den Wandler ein.

Sofort versank der Raum um ihn herum in tiefste Stille, und erst jetzt fiel ihm auf, daß er sich – selbst in dem abgelegenen Park – in einer Geräuschkulisse aus entferntem Motorengebrumm, Kindergejohle, Hundegebell und wer weiß was befunden hatte.

Himmlicch nun... Und er spann sich abermals in seinen Triumphzug ein.

Eine Frau hatte den völlig ausgeraubten, ohnmächtigen Mann auf der Parkbank aufgefunden.

Jemand hatte sich dem vermutlich Eingeschlafenen von

hinten genähert und ihn mit einem stumpfen Gegenstand – so der Polizeibericht – niedergeschlagen.

Wäre der Mann munter gewesen, hätte er im frisch geschütteten Kies sich nähernde Schritte – die des Räubers – unbedingt hören müssen. Ein geräuschloses Anschleichen – man hatte es nachgestellt – schied aus.

Tom Sajdler – dem Grunde nach alsbald wieder hergestellt – konnte zur weiteren Aufklärung seines Falles wenig beitragen. Als Nachwirkung des heftigen Schlags blieb sein Erinnerungsvermögen unwiederbringlich lückenhaft...

Treff im Sektor 17

Howard lag auf dem Kanapee und starrte an die Decke. Er hätte heulen mögen. Gedanklich schmiedete er sogar Rachepläne, stellte schreckliche Vermutungen an. Aber im Grunde war er nur traurig, maßlos traurig. Er hatte sich so sehr auf die gemeinsamen Semesterferien gefreut, sie euphorisch vorbereitet – nicht ohne Mühe –, sie im voraus ausgekostet. Und nun das! Ja, ja, sie kann nichts dafür – oder doch oder was?

Dieser Onkel Manuel würde gewiß auch ohne sie operiert werden. Als ob man bei solchen Ereignissen überhaupt helfen könnte! Sie hat ihn mir vorgezogen, das ist Fakt. Weil die Eltern es wollten, ha! Wann schon hätte sie je die Wünsche der Eltern respektiert. Zum Teufel, liebt sie mich eigentlich? Dieser Cousin wird auch da sein beim Onkel, dieser Laffe. Wie er sie verschlungen hat mit den Augen voriges Jahr. Wo – in Prag war das. Oder bin ich intolerant, ungerecht? Verdammt, ich liebe sie eben!

Howard richtete sich ein wenig auf, ergriff das Journal, blätterte lustlos. Doch nach und nach vertiefte er sich, entwickelte zunehmend Interesse. Schau an, sagte er sich. So genau geben sie das an. Man könnte direkt berechnen, wo der Satellit wann auftaucht...

Howard hatte sich die Zeitschrift ausgeliehen, weil sie alle bisher gestarteten Erdsatelliten einer Serie auswies – nebst den wichtigsten Bahnparametern. Und da war ein Funke des Interesses, wie er manchmal so aufblitzt. Schon beim Blättern in der Schrift, noch in der Bibliothek, war Howard überrascht, welche Vielzahl von künstlichen Körpern im Orbit herumschwirrt. Man bekommt das im Alltag gar nicht mehr mit.

Man müßte testen, ob man's noch bringt!

Howards Spezialität in der Abiturklasse war die Sphärische Trigonometrie gewesen. Zeitweise hatte er die Tobanke, die altjüngferliche Mathematiklehrerin, überrascht mit seinen eleganten und schnellen Lösungen, so daß sie ihn erstens ins Herz schloß und zweitens mit einer Menge Sonderaufgaben beglückte.

Howard verspürte auf einmal eine unbändige Lust, sich zu probieren. Ja, das wäre etwas, knobeln, kombinieren. Weg mit dem Grübeln und Spekulieren. Das mit Lilli würde sich schon wieder einrenken – oder auch nicht! Noch rumorte Trotz in seinen Gedanken. Das einzig Wahre ist die Mathematik!

Howard trat entschlossen ans Bücherregal, entnahm ihm seine geheiligte, handangelegte Formelsammlung; dann suchte er in der Zeitschriftentabelle einen x-beliebigen Satelliten aus, er entschied sich für „Wissenschaft 23", entwarf eine Skizze und leitete die Elemente für die Formel ab. Wo soll er wann sein? Howards Blick fiel auf einen Bildband, den man ihm für einen Vortrag in der Schule geschenkt hatte. Der Energiegigant und sein Umfeld, Arbeitsstätte für 20 000 Menschen und von unermeßlicher Bedeutung fürs Land und darüber hinaus – ja, also, wann wird „Wissenschaft 23" über dem Werk sein?

Howard gab dem Computer die Daten ein. Nach einer kleinen Weile antwortete dieser, daß er so mit der Aufgabe nichts ausrichten könne, und er bat den Operator höflich, die Eingabefaktoren zu überprüfen.

Aber Howard hatte Feuer gefangen. Die Aufgabe begann, Spaß zu machen. Aufgeben wollte er nun nicht mehr. Erneut nahm er sich die Skizze vor, entdeckte den falschen Ansatz und fütterte den Computer abermals. Noch zweimal mußte der Eifernde nachfassen und mit dem höflichen Apparat debattieren, bis ein plausibles Ergebnis auf dem Bildschirm stand: Es war der 27. November des Folgejahres, 17 Stunden, 21 Minuten und 7 Sekunden Ortszeit. Howard lächelte über die pedantische Maschine, die ihm ein viel genaueres Ergebnis vorgaukelte, als die Ausgangsdaten überhaupt hergaben. „Ha", rief er, sich gleichsam selbst an die Brust klopfend. Seinen Kummer hatte er übertönt.

Schon suchte er in der Tabelle weiter, nahm „Entdecker 128", den nächsten der künstlichen Himmelskörper in seine Wahl, dessen Deklination, weil sehr klein, Howards Erinnerung, wie zu interpolieren sei, um die Ephemeridenwerte zu ermitteln, arg strapazierte. Aber dann hatte er die Faktoren wieder komplett, und wenig später verkündete der Bildschirm: 27. November, 17 Stunden, 21 Minuten und 48 Sekunden Ortszeit des Folgejahres.

Howard war zunächst nur verdutzt, dann sagte er „Quatsch!“, löschte und gab die selben Werte erneut ein, akkurat darauf achtend, die Befehle in der richtigen Reihenfolge und exakt zu setzen. Denn daß dieser Satellit zum praktisch gleichen Zeitpunkt den selben Ort wie ein anderer überfliegt – bei gänzlich von einander abweichenden Bahnparametern – konnte nur in einer falschen Berechnung liegen. Der Computer hatte einfach in Folge einer Fehloperation in den Speicher der vorigen Aufgabe gegriffen. Aber – auf dem Monitor stand erneut: 27. November, 17 Stunden, 21 Minuten, 48 Sekunden!

„Na also!“, bestätigte sich Howard wenig später, als er einen dritten Satelliten, einen von der „Firmament“-Serie, berechnet hatte, der das Werk in etwas mehr als fünf Jahren überfliegen würde. Weiß der Teufel, was in den Computer gefahren war, daß er die beiden ersten Ergebnisse gleich setzte. Möglicherweise hielt er, Howard, die Winkelfunktionen nicht mehr richtig auseinander, daß er den Tangens mit dem Cotangens... Es war eben doch schon lange her.

Langsam begann die Lust zu verrauchen. Noch einen, dann mache ich Schluß, werde ein Bier trinken gehen...

Howard wählte einen Satelliten der „Komet“-Serie aus, mit sehr extremen Bahnparametern. Und dann hieb er sich doch gegen den Kopf, als flimmernd, Howard empfand blanken Spott, der Bildschirm verhieß: 27. November, 17 Stunden, 22 Minuten, 3 Sekunden Ortszeit des kommenden Jahres. „Nein, nein!“ rief Howard, klappte die Wertetafel heftig zu und schaltete das Gerät abrupt ab. „Veräppeln kann ich mich allein!“ Und er schlüpfte ins Jackett, um in die Taverne zu gehen.

Der Student Howard Man hätte den Vorfall, bei dem er seine Rolle, wie er meinte, real als nicht gerade hervorragend einschätzte, vergessen, wäre ihm nicht Tage später Herr Wissler über den Weg gelaufen, der ihm mitteilte, daß Jaqueline, seine Tochter und Howards ehemalige Klassenkameradin, ein paar Tage zu Hause sei und sich bestimmt freuen würde, besuchte er sie auf ein Stündchen.

Howard kam das zupasse. Er begab sich zu den Wisslers; Jaqueline sprudelte vor Mitteilungsbedürfnis förmlich über, berichtete von ihrem Studium und fragte natürlich auch nach Lilli, von der jedermann der damaligen Klasse wußte, daß sie Howards ein und alles war.

Zunächst wollte Howard seinen Kummer verbergen – wer gestand sich schon gern ein, hintangestellt zu sein –, doch dann gab er zu, daß ihm die Tatsache, derart versetzt und um den Urlaub gebracht zu sein, wohl zu schaffen mache, daß er vor lauter Verzweiflung schon auf sphärisch-trigonometrische Spielerchen ausgewichen sei und dabei habe feststellen müssen, daß er davon nicht mehr allzuviel verstehe.

„Nanu!" Herr Wissler mischte sich ein. „Ich erinnere mich, wie gekonnt du Jaqueline auf die Sprünge geholfen hast. Ein Ass warst du. Was sollte denn nicht mehr klappen? Das verlernt man doch nicht so schnell."

Verkürzt, weil unwillig über eigene Unzulänglichkeiten zu sprechen, erläuterte Howard das Fiasko mit seinen Rechnereien.

„...alle drei zum praktisch gleichen Zeitpunkt über dem Werk. Da merkt man doch, daß das nur Unsinn sein kann."

„Ja, ja...", Herr Wissler, der eigentlich zunehmend und unangemessen aufmerksam zugehört hatte, wirkte plötzlich wie zerstreut und abwesend. Er schien auf einmal gedankenvoll, sagte: „Entschuldigt, da habe ich doch..." Was er hatte, sagte er nicht – und er ging aus dem Zimmer.

Jaqueline und Howard vertieften sich in einen Studentenplausch, tauschten Erinnerungen aus, tranken reichlich von einem roten Wein und verabredeten sich für den übernächsten Tag zu einem Ausflug.

Als sich Howard verabschiedete, fand er das Leben bereits wieder lebenswerter, und er fühlte sich bereit, Lilli den Affront großzügig zu vergeben.

Aber äußerst erstaunt war er, als ihn einige Dutzend Meter vom Tor zu Wisslers Anwesen entfernt Jaquelines Vater im Auto sitzend erwartete, den Schlag aufhielt und verbindlich sagte: „Frage zunächst nichts, Howard. Ich fahre dich nach Hause, und du zeigst mir dort deine Rechnungen zu den Satelliten, ja?"

Völlig perplex stieg Howard ein. „Ja, aber..., das ist doch alles Quatsch", stammelte er.

„Ich schau es mir an, dann sage ich etwas dazu, ja?" Herr Wissler blieb beim verbindlichen Ton.

„Natürlich", antwortete Howard, und er fing sich allmählich. „Aber merkwürdig ist das. Und gestatten, daß ich mich wundere, müssen Sie mir schon."

„Klar! – Fährst du nun überhaupt nicht in den Urlaub in diesem Jahr?"

Bis zu Howards Studentenbude unterhielten sie sich belanglos einsilbig, unaufmerksam und – zumindest für Howard – überschattet von etwas völlig Unfaßbarem.

Natürlich wußte man, daß Wissler einen höheren Posten bei irgendeiner Behörde bekleidete. Für die Schulakten hatte Jaqueline bei „Beruf des Vaters" immer „höherer Angestellter" – was immer das sein mochte – angegeben und, im Freundeskreis näher befragt, geantwortet, er sei in der Leitung eines Instituts, das die Regierung berate. So eine Art Meinungsforscher? Ja, so eine Art...

Sie waren angelangt.

Mit wenigen Handgriffen hatte Howard den Computer in Gang, zeigte seine Ausgangsdaten, seine Skizze und ließ eine der Berechnungen nach der anderen ablaufen, auch die des Satelliten aus der „Firmament"-Serie. „Das wär's", sagte er dann mit einem erwartungsvollen Blick auf Herrn Wissler.

Herr Wissler hatte Howards Handlungen stehend und schweigend verfolgt, sich die Hand am Kinn gerieben, man hörte das Schaben über die Bartstoppeln. Als die Daten des letzten der merkwürdigen Himmelskörper über den Monitor flimmerten, verharrte Herr Wissler eine Weile, ohne sich im geringsten zu rühren, starrte, aber offensichtlich ohne ihn zu sehen, auf den Computer. Dann fragte er: „Hast du ein wenig Zeit? Könntest du noch zwei, drei andere...?"

Der Angesprochene zuckte mit den Schultern. Wäre Herr Wissler nicht der Vater Jaquelines und auch sonst ein seriöser Mann gewesen, Howard hätte eine passende Entgegnung gefunden. Es war schon wundersam, wie der Besucher sich benahm. So sagte Howard nur – deutlich uninteressiert, und ein wenig Unmut klang schon hindurch: „Wenn es Ihnen Spaß macht..."

„Entschuldige", Herr Wissler wußte Howards Ton wohl zu deuten. „Wir unterhalten uns gleich."

Howard entnahm der Tabelle die Daten, murmelte die einzelnen Schritte vor sich hin, sich dabei immer noch einmal vergewissernd, daß er die Formel richtig anwendete.

Einer der drei neu berechneten Satelliten wies erneut zum gleichen Zeitpunkt dieselbe Position aus. Die beiden anderen lagen weit daneben.

Herr Wissler löste den Blick nur zögernd vom Bildschirm. „Darf ich mich setzen?" fragte er.

„Na- natürlich", beeilte sich Howard zu entgegnen. „Bitte!" Er wies auf den einzigen Stuhl im kleinen Zimmer, räumte drei dicke Bücher hinweg. Er versetzte dem Computersitz einen Impuls, drehte ihn Herrn Wissler zu und nahm eine „Ganz-Ohr-Haltung" ein.

„Howard", begann Herr Wissler zögerlich. „Ich habe – mußte sehr überlegen, was ich sagen werde. Ich bitte dich", Herr Wissler betonte jede Silbe, gab damit den Worten ein beinahe unheilvolles Gepräge, „du hast nichts berechnet, und dir ist damit natürlich auch nichts Ungewöhnliches aufgefallen. Howard, das hier...", Herr Wissler deutete auf das Ausgedruckte, „...ist vermutlich – was sage ich –, ist natürlich kein Zufall! Vorausgesetzt, du rechnest richtig, was ich unbedingt glaube und wofür auch die Ergebnisse sprechen, die von jenen – außergewöhnlichen – abweichen. Wenn es also kein Zufall ist und Fehler ausgeschlossen werden, dann hat das natürlich etwas zu bedeuten, und, so vermute ich, es ist keine Spielerei, sondern etwas Schlimmes, eine Teufelei. Howard...", Herr Wissler legte dem jungen Mann die Hand auf den Arm, „ich verspreche dir, dich im Rahmen des Möglichen zu informieren. Und ich bitte dich nochmals, äußerstes Stillschweigen zu bewahren, und verzeih' mir, wenn ich dich im Augenblick nicht völlig aufkläre...

Du verstehst: Wenn gegen Sektor siebzehn...", Herr Wissler räusperte sich, „äh, das Werk, etwas im Gange ist, besteht eine Chance, es abzuwehren, nur bei absolut gedecktem Vorgehen. Auch Jaqueline sage bitte nichts. Ich versichere, dir schon morgen mitzuteilen – ob du, na, richtig gerechnet hast..."

Howard wurde am nächsten Morgen, für ihn zu nachtschlafender Zeit, aus dem Bett geklingelt. Herr Wissler persönlich stand, ein wenig übernächtigt auch, vor der Tür, entschuldigte sich ob der unpassenden Zeit und teilte dem Verschlafenen in einiger Hast mit:

„Du kannst die Sphärische Trigonometrie noch, Howard! Kein Fehler. Aber ich bitte dich erneut: Vergiß es! Zu gegebener Zeit, mein Wort darauf, wirst du erfahren, was diese Sache auf sich hatte. Zufall, so viel schon jetzt, ist es nicht!" Und damit verabschiedete sich Herr Wissler, einen nachdenklichen Howard hinterlassend, den aber die Hintergründe des Ganzen weniger interessierten als die Tatsache, daß man, offenbar auf Betreiben des Herrn Wissler, im Lauf der Nacht irgendwo seine Berechnungen überprüft und ein bemerkenswertes Informationssystem in Gang gesetzt hatte. „Donnerwetter!" sagte Howard, legte sich ins Bett und war alsbald wieder eingeschlafen.

Der Vorgang um die Satelliten rutschte Howard aus dem aktiven Gedächtnis.

Natürlich war er anfangs stolz, daß man höheren Orts seiner zufälligen Entdeckung offenkundig einen gewissen Wert beimaß, und natürlich erhoffte er in den folgenden Tagen und auch noch Wochen, ein weiteres Echo zu vernehmen. In die Stillschweigebitte schloß er ein Nachfragetabu ein, und er fand, da sich Jaqueline längst wieder in ihrem Studienort befand, keinen Vorwand, die Wisslers aufzusuchen, um vielleicht so auf seine Neugier aufmerksam zu machen.

Das Studium begann im Folgesemester mit einer nicht geahnten Forderungswucht, und die Liebe zu Lilli, versöhnlich aufgefrischt, verlangte ihren zeitlichen Tribut. So verfloß das Jahr, das neue begann. Ein streßverursachender, weil dem Studium abgezwackter Skiurlaub, Prüfungen, eine Stippvisite bei den Eltern, Hilfe für Lillis Schwierigkeiten in der vermaledeiten Theoretischen Physik, ein glücklich beendetes Semester und endlich ein gemeinsamer Schwarzmeerurlaub schlossen sich an. Das neue Herbstsemester dann brachte bereits die Vorbereitungen auf das Diplom...

So also war die Episode mit den Satelliten längst nicht mehr präsent...

Dann erreichte Howard ein Anruf Jaquelines, wie es ihm gehe, und man könne sich treffen, sie habe brillante eigene Aufnahmen von ihrer Antarktisüberwinterung... Wenn er also Interesse habe... Und natürlich – es hätte sich doch alles wieder eingerenkt? – solle Lilli unbedingt mitkommen, am achtundzwanzigsten November, einem Freitag, das könne er doch wohl so einrichten?

Howard sagte zu.

Natürlich dachte er einen Augenblick an seinen merkwürdigen Kontakt zu Jaquelines Vater. Aber das Ereignis befand sich so weit von seinem Erinnerungszentrum entfernt, daß er noch nicht einmal die Beinahe-Duplizität bemerkte – der Daten seiner damaligen Rechnerei mit dem Tag der Einladung.

Jaqueline hatte in der Tat einige prächtige Motive eingefangen, die viel fotografisches Geschick verrieten, und sie schilderte lebhaft einige Episoden aus ihrem Antarktisaufenthalt, nach wie vor kein Zuckerlecken und durch Enge und Abgeschiedenheit nicht ohne Pikanterie.

Noch während der Abdunklung gesellte sich ohne Aufhebens Herr Wissler mit zur Runde, offenbar hatte auch er Jaquelines Diapositive noch nicht gesehen.

Im Anschluß trank man einen Schoppen roten Weins, unterhielt sich locker über das Gesehene oder dieses Tangierende. Und einen Augenblick auch dachte Howard an seine Satellitenberechnung, als sein Blick auf den schweigsamen Hausherren fiel...

Doch dann setzte sich Herr Wissler ein wenig betont auf, trank einen großen Schluck und wechselte abrupt das Thema.

Sein Gebaren wurde von Tochter und Ehefrau, aber auch von Lilli und selbst von Howard, der nach den ersten Worten wußte, worum es gehen würde, mit Erstaunen vermerkt. „Unser Freund Howard...“, begann Herr Wissler, „...hat uns ...“, er sagte nicht, wen er mit „uns“ meinte, „...vor fast genau einem Jahr...“, und erst jetzt fiel Howard überrascht dieses Zusammentreffen auf, „...einen, na, man kann schon sagen, in seiner Tragweite unermeßlichen Dienst erwiesen!“ Und dann stand Herr Wissler gar auf, trat an die Möbelwand und holte aus einem Schub eine blaue Mappe hervor. „Ich bin beauftragt, ihm dafür höchsten Dank auszusprechen!“ Er trat auf den nun doch arg verlegenen jungen Mann zu, der auch, etwas linkisch, aufgestanden war, und drückte ihm die Mappe zusammen mit einem Kuvert in die Hand und schüttelte ihm danach heftig die Rechte, was Howard zu einer höchst ungeschickten Verstauung der Gaben nötigte.

An die Anwesenden gewandt, sagte Herr Wissler entschuldigend: „Weshalb das so wenig formvollendet und auch, na, fast gänzlich unter Ausschluß der Öffentlichkeit stattfindet – die Howard zweifelsfrei verdient hätte –, werdet ihr verstehen, wenn ihr alles wißt! Howard, großer Dank!“ Herr Wissler setzte sich, hob sein Glas. „Auf dein spezielles Wohl!“ Die anderen prosteten zögerlich mit.

Howard nahm, mit stark gerötetem Gesicht, ebenfalls Platz. Solches hatte er nicht erwartet. Er richtete einen Blick auf das unverschlossene Kuvert in seiner Hand, und als er darin ein beachtliches Bündel großer Geldscheine erkannte, wurde es ihm unerträglich warm unter seinem Sweater.

An die Frauen gerichtet, erläuterte Herr Wissler: „Im vorigen Jahr also hat Howard entdeckt, daß drei verschiedene künstliche Satelliten zu ein und demselben Zeitpunkt über unserem Werk stehen.“ Nun wandte sich Herr Wissler auch und im folgenden überwiegend an Howard: „Das ist überprüft worden...“ Herr Wissler hatte offenbar auch weiterhin nicht die Absicht, näher auf seine Rolle in diesem Geschehen einzugehen. „Und es wurden noch einmal vier künstliche Himmelskörper entdeckt, die sich ebenfalls zu diesem merkwürdigen Rendezvous hier bei uns – einfinden sollten. Da sich natürlich jeglicher Zufall ausschloß, mußte einfach Gefahr angenommen werden, die es aufzuklären galt – und zwar vor dem Zeitpunkt des Treffs. Samt und sonders wurden diese Satelliten in den letzten zwei Dekaden des vorigen Jahrhunderts gestartet, in einem Zeitabschnitte also, zu dem die internationale Lage sich alles andere als ausgeglichen darstellte, niemand voraussehen konnte, wohin die Entwicklung treiben oder – getrieben werden würde... Das wurde ins Kalkül gezogen, als es für unsere Experten galt, Maßnahmen festzulegen.

Ich will das abkürzen. Die Mission der Raumfähre `Adler zwei' vor einem Dreivierteljahr – ihr erinnert euch? – hatte offiziell das Aussetzen eines großen Nachrichtensatelliten und die Reparatur eines anderen zum Ziel. Das waren – natürlich wurde das gemacht – Tarnungen. In einer beispiellosen, riskanten, tollkühnen Aktion, leider kann man auch darüber nicht in der Öffentlichkeit sprechen, – noch nicht –, wurde einer dieser merkwürdigen Himmelskörper aufgeklärt..."

Herr Wissler trank einen Schluck; Howard nutzte die Gelegenheit zu einer hastigen Zwischenfrage: „Wie aufgeklärt..?"

Herr Wissler lächelte. „Ein äußerst versierter Fachmann, kein Astronaut, ließ sich über mehrere Stunden im freien Raum auf das Korpus delikti zu treiben, freilich an einer dünnen Leine, aber ohne jeden weiteren Kontakt zur Fähre. Man bedenke: Kein Licht, kein Funk... In den folgenden Stunden – weit über der Norm für den Aufenthalt im freien Raum –, in denen er sich außen an den Fremden angedockt hatte, entriß er diesem das Geheimnis, was – nach Darstellung des Helden – so schwierig dann nicht gewesen sein soll. Die andere Seite hatte sich für die Tarnung nicht die größte Mühe gegeben, weil sicher nicht zu befürchten war, daß sich jemals jemand aufmachen könnte, die Tücke des Objekts zu ergründen. Dazu mußte, nicht wahr, Howard, auch erst einmal der Treff entdeckt werden... Große Mühe soll die mit dem Öffnen der Kapsel verbundene Kleinarbeit gemacht haben. Der Mann steckte ja im schweren Skaphander..."

„Aber", meldete sich Howard erneut, „man hätte das Ding doch vorübergehend mit der Fähre einfangen..." Er brach ab, beantwortete sich seine naive Frage selbst: „Da hätte man seine Bahn einnehmen müssen, und das wäre aufgefallen.“

Herr Wissler nickte. „Eben! Das ging also nicht, denn natürlich war damit zu rechnen, daß auch die offizielle Mission von mehreren Seiten beobachtet wurde, was durchaus üblich ist. Kurz: Es wurde entdeckt, daß der Satellit im wesentlichen aus einem Steuerteil, einem Antriebssystem und aus einer hochbrisanten Bombe bestand, die am siebenundzwanzigsten November um siebzehn Uhr Ortszeit in Richtung Energiewerk hätte gestartet werden können...

„Gestern!“ Frau Wissler rief es entsetzt. Dann besann sie sich. „Das ist ja vorbei!“ Und sie atmete erleichtert aus.

„Ja, gestern,“ Herr Wissler lächelte und fuhr fort: „Es ist errechnet worden, daß die Kraft der sieben Sprengkörper ausgereicht hätte, das Werk und große Teile seines Umfelds nachhaltig zu zerstören.“

Die Blicke der Anwesenden klebten förmlich am Gesicht des Hausherren.

„Und?“ forderte Jaqueline.

„Ihr seht, es ist nichts geschehen.“ Herrn Wisslers leichter Ton grenzte ans Makabere.

„Sie wurden – ich meine die Sprengkörper – unschädlich gemacht?“ fragte Howard unsicher.

Herr Wissler ging darauf nicht ein. Er berichtete leichthin weiter: „Die Bomben wären automatisch von langzeitgesteuerten elektronischen Systemen ausgelöst worden, falls von einer uns unbekannt gebliebenen Zentrale kein Sperrimpuls gesendet worden wäre. Eine zweite Sonderprogrammierung des Bordcomputers machte mehr Kopfzerbrechen. Sie war mit einem für solche Himmelskörper verhältnismäßig kräftigen Antriebsaggregat gekoppelt. Fast im letzten Augenblick, der Mann mußte zurück zur Fähre, konnte die Funktion der Anlage ergründet werden. Ihr könnt euch vorstellen, unter welcher Spannung die Leute gearbeitet haben! Also: Ebenfalls ferngesteuert sollten diese starken Antriebe dafür sorgen, daß der Satellit aus seiner Bahn heraus in Richtung Sonne startet...“

„Ah – und diesen Impuls haben Sie gegeben!“ rief Howard sichtlich erregt.

Herr Wissler schüttelte nachsichtig den Kopf. „Das hätte unsere Aktion verraten."

„Na, wenn schon. Hauptsache, der Anschlag wäre vereitelt worden!" Jaqueline rief es, ihr Gesicht war gerötet.

Herr Wissler schüttelte nun nachhaltig den Kopf. „Natürlich wurde das alles erwogen", erläuterte er dozierend, „aber die Hauptfrage in diesem Zusammenhang war: Wozu dieser ungeheuer große Aufwand für den Sonnenstart, der die Kosten dieser Unternehmung mindestens verdoppelte. Man kam zu dem Schluß, daß jene, die die Bomben in Umlauf brachten, auf diese Weise dafür gesorgt hatten, sie bei gegebenem Anlaß unauffällig und ohne jede Gefahr verschwinden zu lassen. Immerhin eine Art humaner Zug, nicht?"

„Was aber ist dann gemacht worden! Ihr konntet doch nicht tatenlos..." rief Jaqueline aufgebracht.

„Nichts", sagte Herr Wissler unangemessen lakonisch. „Das heißt", er lächelte und dämpfte einen weiteren Ausbruch der Tochter mit erhobener flacher Hand, „es war vorbereitet, daß sich gestern um siebzehn Uhr Ortszeit keine Menschen im Werk und dessen näherer Umgebung befunden hätten – wenn, wenn zu diesem Zeitpunkt noch einer der Satelliten auf seiner Bahn gewesen wäre. Aber das war mit Sicherheit nicht der Fall..."

„Wieso?" fragte Howard begriffsstutzig, „Wenn Sie den Impuls nicht ausgelöst haben..?"

„Die unbekannte Steuerzentrale hat erwartungsgemäß gehandelt. Die Teufelssatelliten sind alle in Richtung Sonne gestartet. Irgendwann wird es dort sieben zusätzliche, winzige Protuberanzen geben."

„Aber wenn...", warf Howard, nach wie vor erregt, ein, „wenn sie nicht..."

Herr Wissler unterbrach: „Dann hätten selbstverständlich wir diesen Zeitgeber ausgeschaltet und den Sonnenstartimpuls gesendet. Auch das war vorbereitet. Das Risiko allerdings, daß nicht alle sieben Systeme gleichartig oder überhaupt reagieren, ist dabei eingegangen worden."

„Ich verstehe trotzdem nicht", fragte Howard hartnäckig, „warum bei solchem Risiko so lange gezögert und nicht vorher durch – uns gehandelt wurde. Ich finde, das war – leichtfertig."

Herr Wissler lächelte das Lächeln eines Mannes, dessen Rechnung aufgegangen ist. „Seit dem Start der Bombensatelliten, Howard, hat sich die internationale Lage rasant verändert. Man sollte dem Gegner – selbstverständlich ohne die eigenen Trümpfe alle aufzudecken – seine Chance geben..."

Restrisiko

Der Fahrtwind erzeugte jenes ferne Rauschen, das an Meer oder luftige Berggipfel erinnert. Nur ab und zu verriet ein Klopfen, ein leises singendes Kreischen, verbunden mit einem leichten Schlingern, daß der Zug über Gleise und Weichen auf seinen ...zig Rädern dahinschoß.

Susan befand sich allein in der Sitzgruppe, hatte auch keinen anderen Passagier im Blickfeld, und sie kuschelte sich tief in ihren Sessel.

Seit einer Stunde ungefähr herrschte draußen Dunkelheit. Außerdem boten schier endlose Wüste und sich wenig voneinander unterscheidende Oasendörfer auf die Dauer ohnehin nur ermüdende Anblicke.

Schläfrig fühlte Susan sich nicht. Sie schloß die Augen, entspannte und nahm sich bewußt vor, den Auftrag noch einmal zu überdenken.

Seit die junge Frau aber ihre Tätigkeit ausübte, hatte sie erfahren, daß in Perioden des scheinbaren Untätigseins Gedanken hervorragend geordnet, Timing und Aktivitäten disponiert werden konnten, was sich für die spätere Ausführung schon oft als sehr nützlich erwiesen hatte.

Sie würde also die Tagungsteilnehmerin Susan Lahr sein, delegiert von der „Mitteleuropäischen Liga für Strahlenschutz und Atomsicherheit", würde sich endlose, ermüdende Vorträge über diese Themen anhören müssen, an zum Teil um ihrer selbst willen geführten Diskussionen teilnehmen und im übrigen nur das eine versuchen: entsprechend der Direktive so unauffällig wie möglich Kontakt mit diesem Abdul Chamed herzustellen – eine Aufgabe, die sie zwar Dutzende Male in anderen Fällen gelöst hatte, die jedoch stets neue Aspekte, Reize und auch Gefahren barg.

Nun, was soll's, das ist halt mein Berufsrisiko, dachte Susan. Entweder ich bin Kriminalistin, dann mit Haut und Haar, oder ich lasse es ganz. Und noch bin ich in diesem Beruf nicht müde geworden, noch vermittelt jeder Auftrag das erregende Spannungskribbeln, und es wird jeder zufriedenstellend gelöste Fall zum Erfolgserlebnis. Was sagte Anita neulich: Weil mich noch stets die Aufgabe packt, hätte ich es noch zu keiner stabilen Partnerschaft gebracht; sei's drum! Noch bin ich nicht in dem Alter, in dem man das bedauern könnte oder einen gar Ängste der Einsamkeit beschleichen.

Ein ganz gewöhnlicher Auftrag. Drei ähnliche vermochte Susan in der Vergangenheit mit aufzuklären. Dennoch konnte sie nicht verhindern, daß sie jedesmal ein unerklärliches Gefühl beschlich, wenn sie an jenen Abdul dachte, dessen Gesichtszüge sie sich natürlich aus Dutzenden von Fotografien eingeprägt hatte. Was sollte ausgerechnet an diesem Fall das Ungewöhnliche sein? Doch nicht, daß abermals aus dem Kreislauf Element-Aufbereitung-Element nennenswerte Mengen spaltbaren Materials illegal ausgeschleust worden waren, zunächst – wie stets – ins Unbekannte. Bis dann eben, nach den üblichen routinehaften Ermittlungen, diesmal die Spuren ins Emirat El Serd wiesen. Und sollte sich das als das Ungewöhnliche herausstellen?

Ein Winzling unter den Kleinen, dieser Staat El Serd, keine zweihunderttausend eingeborene Seelen. Freilich, sozusagen stinkreich, und noch floß das Erdöl in Strömen. Und, so empfand Susan, da paßte etwas nicht zusammen. Diesem Zwergstaat mit all seinen Einrichtungen, den medizinischen ebenso wie den wissenschaftlichen, müßte es ein leichtes sein, trotz der staatsmonopolistischen, astronomischen Preise, spaltbares Material in allen benötigten Mengen zu beschaffen und über dessen Verwendung die strengen internationalen Kontrollen stoisch über sich ergehen zu lassen.

Und welche Macht sollte sich in dem vergleichsweise winzigen Areal etabliert haben, die ein solches Millionen-, wenn nicht Milliardengeschäft betrieb? Allein wenn man an die notwendigen Sicherheitsmaßnahmen dachte und an das dann ebenfalls illegal zu beschaffende Know-how – von der problematischen Entsorgung ganz zu schweigen.

Kurzum – wie stets in der Kriminalpraxis – die Frage nach

dem Motiv würde auch hier zum Schlüssel werden. Während sie sich jedoch in den vorhergehenden Fällen alsbald geklärt hatte, meist steckten Interessengruppen dahinter, die aus Konkurrenz- oder Gewinngründen isoliert in aller Heimlichkeit ihr Süppchen kochten, um dann überraschend in die Öffentlichkeit und das große Geschäft zu treten, ließ sich diesmal dem Verdacht kein vernünftiger Beweggrund zuordnen.

Nun, diese Gedanken waren dutzendmal gedacht, ausgesprochen, im Kollegenkreis ausführlich diskutiert worden. Es war sicher verfehlt, anzunehmen, daß ihr ausgerechnet jetzt im Nachtzug nach El Serd ein Licht aufginge. Man würde sehen...

Leutnant Susan Lahr kuschelte sich in ihre Ecke, und sie war alsbald eingenickt.

Die Sache ließ sich allem Anschein nach viel leichter an, als Oberst Lareaux, die Leitung des Ressorts und Susan es sich gedacht hatten. Schon allein dieser Tatbestand hätte ihr zu denken geben sollen. Allein – war es gesteigertes Selbstbewußtsein, der Nachhall der hintereinander erfolgreich gelösten Fälle oder weil sie diesen Abdul Chamed mit seinem Ministaat einfach unterschätzte, was gesundes Mißtrauen nicht aufkommen ließ?

„Hallo, charmante Kollegin!“ sprach jemand Susan an. „Sie fachsimpeln nicht?“

Normalerweise reagierte Susan auf Annäherungsversuche äußerst zurückhaltend. Sie wandte den Blick von ihrem Shake in der Absicht, auch dieses Mal kühl zu bleiben, dem Dreisten eine entsprechende Abfuhr zu erteilen.

Neben ihr am Bartresen lehnte Abdul Chamed, sah sie mit – in der Tat – sanften dunklen Augen und einem sehr freundlichen Lächeln über sein Glas hinweg an. „Dann sind wir wenigstens Gleichgesinnte“, fügte er hinzu.

Susan hatte zu tun, um ihren freudigen Schreck innerlich und vor allem nach außen hin zu unterdrücken. Sitzt hier und knobelst, wie du es am günstigsten und unauffälligsten anstellst, zum Zuge zu kommen, und da steht der Mann, auf den du es abgesehen hast und auf den du dienstlich angesetzt bist

– wie wir Fachleute sagen –, fröhlich lächelnd neben dir, sozusagen unter gleicher Kappe, und er reicht dir sogar die Hand...

„Mir genügt es, wenn den ganzen Tag über gefachsimpelt wird", entgegnete Susan verbindlich und wandte sich dem Manne halb zu. „Ich schau mir lieber die Leute an – an einem solchen Abend. Das ist auch interessant und manchmal – amüsant." Susan forderte mit Gemeinplätzen zum Dialog.

„Susan – ein schöner Name!" Auffällig-direkt hatte Abdul Chamed von der Identitätskarte auf Susans Brust den Namen abgelesen.

Sonderlich originell scheint er nicht zu sein, dachte Susan. Aber – das kurz gesponnene, noch zarte Fädchen durfte nicht abreißen. „Ah, Sie sind von hier – das ist interessant!" heuchelte sie. Auch Susan hatte sich vorgebeugt und wie eine Fehlsichtige seinen Namen buchstabiert.

Und natürlich hatte sie zu fachsimpeln! Sie war vorbereitet, ein Gespräch in die Richtung zu lenken, die der Aufgabe diente. Allzu schwierig dürfte sich das nicht anlassen, war doch das Programm dieses ersten Symposiumstages so vollgepackt gewesen mit Themen unterschiedlichen Inhalts, daß selbst sie wider Erwarten etliches verstanden hatte und sich demzufolge nicht ausschließlich über die Stunden quälen mußte. Ob das allerdings, was sie aufgefaßt hatte, ausreichen würde, um mit einem Insider zu fachsimpeln, ohne sich bereits nach den ersten Sätzen als blutiger Laie zu entlarven, schien ihr sehr fragwürdig. Es hatte aber auch einen Vortrag gegeben, der inhaltlich ihr Thema zumindest streifte. Das Gespräch aber sogleich darauf zu lenken, erschien ihr zu vordergründig, verdachterregend.

„Von der Europäischen Liga für Atomsicherheit kommen Sie... Hat der Vortragende heute am Vormittag – Sie wissen schon, ich komme jetzt nicht auf den Namen, der Belgier, der die Nuklear-Kriminalität erwähnte – nicht Beispiele gemeint, die aus Ihrem Aufgabengebiet stammen?"

Wieder kam der observierte Gesprächspartner der Absicht der Detektivin entgegen.

Und viel zu schnell und – zu ungeschickt antwortete Susan: „Ja, aber damit habe ich nicht das geringste zu tun!" Hoppla, sagte sie sich, noch so ein Schnitzer, und du machst ihn hellhörig, vorausgesetzt, er ist der gesuchte Mann. Sie versuchte es mit einem Scherz: „Leider – in meiner eigenen Tätigkeit geht es bedeutend trockener zu. Ich bin mehr auf Statistik und Analytik festgelegt, Sie verstehen."

Er lächelte. „Unterbewerten Sie die Statistik und damit Ihre Aufgabe nicht. Wir wüßten nicht, wo wir stehen, was wir haben und machen sollten, und das ist doch wichtig, das Wichtigste überhaupt!" Er blickte in sein Glas, aber er lächelte stärker.

Nimmt er mich auf den Arm, dachte Susan. „Wissen Sie – obwohl ich natürlich von einigen authentischen Fällen gehört habe –, ich kann mir dennoch nicht vorstellen, daß sich der illegale Handel mit spaltbarem Material lohnt. Das Risiko ist in doppelter Hinsicht sehr hoch, und wenn das Ganze etwas bringen soll, muß der Endverbraucher schließlich doch an die Öffentlichkeit, so oder so. Na, und welche Größenordnungen die Sanktionen heute haben, muß ich Ihnen sicher nicht sagen, die sind allgemein bekannt."

„Und schrecken dennoch nicht ab." Er schmunzelte, sah Susan dabei aber einen Augenblick scharf ins Gesicht.

„Daß heutzutage jemand heimlich Atombomben bastelt, wollen wir doch nicht annehmen", sagte Susan so naiv wie möglich. Natürlich war dies ein Motiv, weshalb die Liga ein Kriminalamt unterhielt, und es war mit ein Grund, weshalb sie zu diesem Symposium delegiert worden war, eine gute Gelegenheit, in eine heiße Spur zu kommen. Aber natürlich dachte niemand vordergründig an einen Anachronismus wie eine Atombombe. Die Ächtung des Nuklearen greift um sich, Auflagen und Akzisen steigen, Geschäfte gehen nicht mehr. Nun ja, da verspricht sich eben mancher aus der Illegalität heraus einen Vorteil, einen Vorsprung, und glaubt so, die Sanktionen wieder ausgleichen zu können. Und da das zuweilen auch gelingt, erwächst daraus ein echter Anreiz. Mitunter springt aus solchen Machenschaften für die Menschheit sogar etwas Nützliches heraus. Die Gruppe der eigentlich Schlimmen bildeten jene, die, wie seinerzeit die Rauschgifthändler, kleine, nie mehr auffindbare Mengen des Materials an skrupellose Ärzte und

Scharlatane teuer verhökerten, die das Zeug zwar wieder für einen scheinbar guten Zweck, aber zuallererst natürlich für das Füllen der eigenen Taschen verwandten; denn staatliche Einrichtungen oder staatlich kontrollierte gingen der noch immensen Nebenwirkungen wegen äußerst zurückhaltend mit diesen Substanzen um, das immerwährende, das illegale Geschäft fördernde Gerücht allerdings behauptete, weil sie zu teuer seien...

Wie dem auch sein mochte. Mehr als eine Tonne hatte sich neuerlich scheinbar in Luft aufgelöst, eine vage Spur führte in das Emirat El Serd, und deshalb befand sich Leutnant Susan Lahr dort. Es galt einzig und allein, das Material sicherzustellen, nicht zu spekulieren, was damit beabsichtigt war. Und das alles mußte möglichst rasch erfolgen, um einer eventuellen Aufteilung in Kleinstmengen zuvorzukommen.

Von diesem Abdul Chamed wußte man, daß er verwandschaftlich der Familie des Emir nahestand, selbst stark am Ölgeschäft beteiligt war und über eine solide wissenschaftliche Ausbildung verfügte. Für Susan war also äußerste Vorsicht geboten, wollte sie sich nicht aufs Glatteis begeben.

„Ach wissen Sie, was in den menschlichen Hirnen manchmal so vor sich geht...“, antwortete er vieldeutig.

„Meinen Sie, daß so etwas geschehen könnte?“ Natürlich fragte Susan das nicht ernsthaftig, sondern einmal, um das Thema im Gang zu halten, und zum anderen, um ihre Naivität weiter glaubhaft zu demonstrieren. Allerdings durfte sie bei letzterem wohl nicht zu weit gehen.

„Anarchisten, Terroristen, Irre hat es doch in jeder Epoche gegeben...“ Erneut lächelte er Susan charmant an, so daß sie nicht wußte wie und ob überhaupt er es ernst meinte. Dann wechselte er plötzlich das Thema: „Nehmen Sie morgen an den Seminaren oder an der Exkursion teil?“ fragte er.

Ein kleiner Scheidepunkt. Natürlich wollte Susan in seiner Nähe sein, natürlich war sie sich sicher, daß sie im Verlauf des Symposiums zum Tatbestand nichts weiter erfahren würde, aber sie brauchte unbedingt den Kontakt, aus dem man später bestimmt etwas machen konnte. Da sie jedoch seinen Entschluß nicht kannte, sagte sie einfach die Wahrheit: „Ich habe mich noch nicht entschieden, neige aber zur Exkursion. Ihr Land macht mich neugierig." Wer an den Seminaren teilnahm, demonstrierte natürlich das größere wissenschaftliche Interesse an der Veranstaltung, zumal das Emirat nur wenig Einschlägiges zum Besichtigen zu bieten haben sollte, sagte man. Es als Tagungsland gewählt zu haben, war wohl einem außerordentlich günstigen Angebot geschuldet. Und in der Tat, die Teilnehmer wurden rundherum betreut wie weiland die Fürsten, so daß Susan ob ihrer Outsiderrolle beinahe ein schlechtes Gewissen bekam – aber wirklich nur beinahe...

„Oh ja – entscheiden Sie sich für die Exkursion und lassen Sie mich Ihr persönlicher Erklärer sein. Ich versichere, ich kenne mich hier aus."

„Und wie käme ich zu der Ehre?"

„Glauben Sie, es machte mir mehr Freude, einen von diesen spitzbärtigen Herren oder jene grantige Dame dort zu begleiten?"

Susan lachte, und ein wenig geschmeichelt fühlte sie sich auch.

„Also gut", sagte sie. „Der Meldetermin ist zwar verstrichen, aber für eine Einzelne..."

„Na, das möchte ich doch wohl zuwege bringen. Ich freue mich!"

Susan freute sich ebenfalls – aus mehreren Gründen. Aber auch zu diesem Zeitpunkt, zu dem alles, aber auch alles allzusehr wunschgemäß verlief, schöpfte sie keinen Verdacht. Den erfolgreichen Kontakt zu Abdul schrieb sie nunmehr schon nicht mehr dem blanken Zufall zu, sondern auch ihrem Können, ihrer Routine. Schließlich hielt sie sich nicht für eine heurige Häsin.

Sie tranken an jenem „geselligen Abend" der Tagung gemeinsam noch eine Flasche schweren, einheimischen roten Weins, den Abdul empfahl, der aber entgegen Susans Geschmack sehr süß war und sie so müde machte, daß sie sich alsbald zurückzog, zufrieden und gespannt auf das Morgen. Der Faden war geknüpft!

Weder Abdul noch Susan hatten das Gespräch an jenem Abend noch einmal auf das Symposium gelenkt. Für sich hätte

Susan das als sehr ungeschickt empfunden. Die Unterhaltung bestritt im wesentlichen der Einheimische. Er erzählte heitere Begebenheiten aus seiner Studentenzeit, die er zum Teil in London, Freiberg und Wien verbracht und anscheinend sorgenfrei genossen hatte.

Und ein wenig bereitete er Susan auf die Exkursion vor. Sie solle die Erwartungen nicht zu hoch schrauben, allerdings könne man sich – der positiven staatlichen Kassenbilanzen wegen – eine gewisse Großzügigkeit in manchen Dingen erlauben. Und wo es der Herr Gesundheitsminister für notwendig erachte, stehe die hiesige Nuklearmedizin durchaus auf Weltniveau – auch was den Zugang der Serdiner betreffe...

Abdul hatte stark untertrieben, und jene, die auf eine belanglose Expedition gesetzt hatten, waren entweder nicht richtig informiert oder voller Vorurteile. Was vorgeführt wurde, bestimmte die Weltspitze. Und man hatte unbedingt den Eindruck, daß in der Tat jedermann Zugang zur nuklearmedizinischen Betreuung hatte, und das im ausreichenden Maße und unter normalen Bedingungen. Als Susan nach Wartezeiten auf Termine für Patienten fragte, sahen sie sowohl der leitende Arzt der betreffenden Einrichtung als auch Abdul verständnislos an. Ersterer sagte dann auch ein wenig pikiert, daß man sich im wesentlichen nach den Wünschen der Patienten richte.

Als sie wieder im klimatisierten Autobus saßen, um zu einem Institut aufzubrechen, das im großen Maßstab alle möglichen radioaktiven Indikatoren für medizinische und technische Prozesse herstellte und auch exportierte, fragte Susan Abdul wie nebenbei, ob man nie daran gedacht habe, ein Atomkraftwerk zu errichten?

Abdul hatte es wie selbstverständlich – oder zufällig? – so eingerichtet, daß er neben Susan saß. Sie sah ihm bei der Frage ins Gesicht, und ihr war, als verengten sich für eine Sekunde seine Augen. Doch dann lächelte er und entgegnete: „Wir setzen auf Öl, meine Dame. Ohne Öl könnten wir uns das, was Sie gesehen haben und noch sehen werden, nicht leisten und – vielleicht auch nicht den Verzicht auf ein Atomkraftwerk..."

In Susan klopften Zweifel, ob es ihr wohl diesmal gelänge, den Auftrag zu erfüllen oder wenigstens so anzuarbeiten, daß man ihn anderenorts weiter verfolgen könne? In zwei Tagen würde das Symposium zu Ende sein – und dann?

Die Straße führte in sanften Bögen durch einen märchenhaften Palmenhain, in dem vereinzelt weiße Häuser standen inmitten von gepflegten Blumenrabatten. Ein Freizeit- und Urlaubsobjekt, wie Abdul beiläufig erläuterte.

„Oh", rief Susan, und sie nickte anerkennend. „Hier ließe ich mir einen Urlaub gefallen!"

Nach einer kleinen Weile wandte ihr Abdul voll das Gesicht zu. „Wollen Sie..?" fragte er.

„Wollen was?"

„Na, hier Ihren Urlaub – oder wenigstens ein paar Tage davon – verbringen."

Susan lachte. „Das wäre etwas!" rief sie in einem Tonfall, der deutlich machte, daß sie sein Angebot allenfalls als einen Scherz auffaßte.

„Hier oder in einer anderen Oase. Wir haben noch mehr und vielleicht auch schönere Fleckchen..." Abduls Worte klangen ernsthaftig und sachlich.

Susan sah lächelnd gerade aus und antwortete nach einer Weile: „Ja, ja..."

„Ich meine es durchaus ernst, Susan", beteuerte Abdul sehr nachdrücklich. „Es wäre für mich ein leichtes, das zu regeln, Sie können mir glauben."

Susan wandte den Kopf. Er meinte es ganz offensichtlich ernst. Und wieder mahnte sie nichts zur Vorsicht. Ihr schoß ein Gedanke ein, zwiespältig, verlockend: Es ergäbe sich so doch Gelegenheit, dem Auftrag weiter unauffällig nachzugehen und – selbst wenn dies erfolglos bliebe – ein paar Tage auszuspannen, noch dazu unter – wie es schien – paradiesischen Bedingungen...

„Nein, das geht nicht", sagte sie zögernd, „meine Dienststelle und – überhaupt..." Sie überlegte fieberhaft, bemüht, es sich nicht anmerken zu lassen; sie mußte eine unverfängliche Rolle spielen.

„Meine Güte, seien Sie nicht umständlich", drängte Abdul.

„Das kann man telefonisch oder per Fax klären. Oder, wenn die stur sind, fahren Sie hin, machen es den Leuten klar, und kommen Sie wieder."

Irgendwo glomm in Susan ein Funke Mißtrauen. „Warum machen Sie ausgerechnet mir ein solches Angebot?"

Er blickte naiv, hob unschlüssig die Schultern. „Das Gespräch... Verstehen Sie mich bitte nicht falsch", sagte er dann gesenkten Blicks. Danach sah er ihr treuherzig ins Gesicht. „Zu manchem hat man eine Antenne, zu manchem nicht. Zu Ihnen habe ich eine. Ich könnte Ihnen jeden Gefallen tun – soweit es in meiner Macht steht. Und Ihnen hier ein paar Tage Erholung zu vermitteln, steht in meiner Macht. Also – wollen Sie es prüfen?"

„Ich weiß nicht...", sagte Susan noch immer zögernd. Dabei fühlte sie sich halb entschlossen. In ihr reifte bereits eine Version, die Sache nicht nur zu prüfen, sondern – mit höchster Absegnung selbstverständlich – einzuleiten. Maß man in der Direktion dem Fall wirklich große Bedeutung zu, dürfte sich solches bewerkstelligen lassen. Es sei denn, man hegte an meiner Person insofern Zweifel, daß mir solches Privileg nicht zustehe oder ich mir auf Ligakosten... Nein, wenn schon, dann privat!

„Na, überlegen Sie, ich komme bestimmt darauf zurück." Abdul lächelte.

Einen weiten Bogen beschreibend, führte die Straße aus dem Palmenhain hinaus in die Steppe. Auf ihr – die einzige Hauptverkehrsstraße – gelangte man neben der Eisenbahnlinie und dem Fluß Drar, fast ausgetrocknet in dieser Jahreszeit, in gerader Linie an die Küste, rechterhand Wüste, links unwirtliches Gebirge...

Zwischen der Straße und den im Dunst liegenden Bergen zog sich aus dem Hain heraus eine lückenhafte breite Hecke, Susan schien es, eine frisch angelegte. Wasserwagen, Erdhügel und einige vertrocknete Pflanzen setzten untrügliche Zeichen. In den Lücken wurde der Blick frei auf einen schweren metallenen Zaun, auch dieser neu, wie Stapel von Säulen, Rollen Drahtes und andere abgelagerte Materialien vermuten ließen. Jenseits des Zaunes aber, in der flirrenden Luft nicht deutlich genug erkennbar, ein mittlerer Komplex flacher Bauten, ein Wasserhochbehälter und ein niedriger, glänzender, weil aluminiumblechverkleideter Turm. Dahinter, verschmelzend mit der Gebirgslinie, eine peristaltisch sich verändernde langgezogene Staubwolke, in ihr sich bewegende dunkle Körper. Eine endlose Kette von Lastfahrzeugen..?

„Was entsteht hier?“ fragte Susan unbefangen, und sie deutete mit der Hand auf das langgestreckte Objekt.

Sie wurde sofort höchst aufmerksam, als Abdul nicht nur mit der Antwort zögerte, sondern sofort einen Ablenkungsversuch startete.

„Ach das“, sagte er wie obenhin, „ein Fruchtkonservierungsbetrieb. Wenn ich, verehrte Kollegen, Ihre Aufmerksamkeit auf das Areal zur Rechten lenken dürfte...“ Er war aufgestanden und neigte sich zu einem der Fenster. „Die berühmte Kamelwerft unseres Landes.“ Er lachte ein wenig über diesen scherzhaften Begriff. „Das größte und unter Kennern bekannteste von unseren insgesamt drei Gestüten.“

Susan wurde noch aufmerksamer, weil es rechterhand außer einer großflächigen versteppten Koppel absolut nichts zu sehen gab, die Anlage des Gestüts erst ein, zwei Minuten später ins Blickfeld geriet.

Links bogen die neu angepflanzte Hecke und der Zaun als Begrenzung der merkwürdigen Liegenschaft rechtwinklig von der Straße ab, eintönige Steppe und dunstige Berge im Hintergrund traten an deren Stelle, während rechts künstlich bewässerte saftiggrüne Weiden und Gruppen von großen und kleinen grasenden Kamelen den Blick erfreuten.

Bin ich meines Auftrages wegen etwa übersensibel? Sehe ich in harmlosen Bauten bereits geheime Anlagen, in die womöglich die illegal besorgten strahlenden Materialien tonnenweise flossen? Wie ein Atommeiler hat der Komplex wahrlich nicht ausgesehen, doch wohl eher wie eine Konservenfabrik. Nur – was sucht eine solche in der Steppe? Was um alles in der Welt soll dort konserviert werden?

Abdul sagte, Früchte, sagte nicht tierische Produkte, respektive solche der Kamelfarm.

Nun, Susan vermochte das Ausmaß der Oase vom Bus aus

natürlich nicht zu erfassen. Es konnte durchaus ein großes Hinterland geben, in dem Obst angebaut wird, die Transportentfernungen wären dann erträglich. Ein Objekt, das man mit illegalen Mitteln betreibt, errichtet man nicht an der Hauptverkehrsstraße. Aber vielleicht gerade? Und indem Susan sich die Karte des gesamten Emirats vorstellte, wo sonst könnte man bauen, wenn nicht direkt – und dann weit auffälliger – in der Wüste oder den unwegsamen Bergen... Kurzum, diese sogenannte Konservenfabrik erschien Susan nicht geheuer.

Abdul hielt gerade unter Zuhilfenahme des Bordmikrofons einen Vortrag über die Vorzüge der einheimischen Kamele, über ihre historische Rolle in den zahlreichen Stammensfehden und über die heutige wirtschaftliche Bedeutung.

„Spielen sie auch eine Rolle im Export – als Nahrungsmittel?“ fragte Susan in eine Atempause hinein. „Ich meine Milch- und Fleischprodukte aus Konserven.“ Sie drehte sich zum Heckfenster um und deutete mit einem Kopfnicken zurück auf das im Dunst verschwindende sogenannte Konservenobjekt. Noch deutlicher konnte Susan, jetzt vor der vom Wind abgedrängten Staubwolke, mit Schüttgut vollgeladene schwere Dumper erkennen, die nach rechts in ein Tal zwischen den Bergen abbogen. In Gegenrichtung rollten sie leer zurück, Hunderte... Wenn das nicht merkwürdig war! Die Gebäude, die man sehen konnte, mußten längst gegründet sein. Fundamentgruben hebt man vor dem Hochbau aus. Keller, und seien sie noch so tief, ebenfalls. Wozu dann also solche immensen Massenbewegungen?

„Nein, nein“, antwortete Abdul – wie Susan schien, doch ein wenig widerwillig und fahrig. „Oder mögen Sie Kamelprodukte auf Ihrem Speiseplan? Obwohl, sie sind vorzüglich... Ich sagte schon, Fruchtkonserven. Hier gedeihen zum Beispiel ganz ausgezeichnet Mandarinen...“ Und er wandte sich erneut vom Thema ab, ging nur zu gern auf die Frage einer beleibten Dame ein, ob man auch an eine Kamelreitschule für Touristen gedacht habe...

„Ach ja, da wäre noch ein Fax aus Dalam von Leutnant Lahr...“, meldete beiläufig – nach der üblichen Routinefrage von Oberst

Lareaux, was es sonst noch Wesentliches während seiner Abwesenheit gegeben habe – Marie, die Sekretärin.

„So?“ Er runzelte die Stirn, was seiner Halbglatze bis weit auf den Kopf hinauf den Glanz nahm.

Lareaux, kleinwüchsig und untersetzt, galt im allgemeinen als ein gutmütiger Vorgesetzter, aber auch als ein Mensch, dessen Reaktionen man nicht unbedingt vorherzusagen vermochte. Er konnte bei größeren Problemen mit Umsicht sachlich und ruhig, aber ebenso bei Nichtigkeiten poltrig und ungerecht reagieren. In welchem Fall wie, konnte man, wie gesagt, nicht vorausahnen. Deshalb hatte sich Marie, die ihren Chef wie kaum jemand kannte, um den beiläufigen Tonfall bemüht. Sie konnte Susan Lahr gut leiden und wollte so einer Überreaktion des Obersts auf deren ungewöhnliches Gesuch hin vorbeugen. Sie reichte das Papier über den Tisch.

„Wir hatten doch Stillschweigen vereinbart“, brummte Lareaux ungehalten. „Was hat sie denn, die schöne Susan?“ Er griff mit kurzsichtigem Blick nach dem Zettel.

„Sie sucht um ein paar Tage Urlaub nach.“ Marie bemühte sich weiter um Beiläufigkeit. „Es scheint ihr dort zu gefallen“, setzte sie lächelnd hinzu. „Und wenn Sie mich fragen, sie hat ihn nach der Hektik mehr als verdient.“

„Ich frage Sie aber nicht“, brummelte Lareaux ein wenig patzig.

„Was fällt der Lahr ein!“ Die Falten auf Lareaux’ Stirn vertieften sich.

Dann las er mit ausgestrecktem Arm, wollte das Papier, noch immer ärgerlich, zurücklegen, stutzte, las erneut. „Was heckt sie denn da wieder aus. Das ist doch ein dienstliches Schreiben... Normalerweise müßte sie von diesem Symposium in den nächsten Tagen zurückkommen... ‘Vielleicht kuriere ich meinen Ischias aus.’ Das Codewort! Die hat was vor..!“ Lareaux überlegte laut. „Sie hat eine Spur und verlängert den Aufenthalt!“ Er schnalzte mit den Fingern. „Ein Teufelsweib! Marie, ruf bitte Ernesto. Unter irgendeinem Vorwand, der uns einfallen wird, schicken wir ihn zur Unterstützung. Und der Susan faxen Sie in dieses Hotel: ‘Urlaub genehmigt, Direktor’, übliche Unterschrift. Es ist denkbar, daß sie etwas Offizielles braucht..." Mit einem achtungsvollen Kopfschütteln begab Oberst Lareaux sich in sein Arbeitszimmer.

Abdul Chamed hatte Wort gehalten und für Susan Lahr zu günstigen Bedingungen in der Oase Nechmal einen Ferienaufenthalt für zunächst eine Woche festmachen können, auf dem nämlichen Stückchen Erde, durch das sie der Autobusausflug während des Symposiums geführt hatte und an das diese geheimnisvolle Konservenfabrik grenzte. Und es traf nicht ein, was Susan ein wenig befürchtet hatte: Abdul verband mit seiner liebenswürdigen Besorgung keinerlei Erwartungen. Am letzten Abend des Symposiums hatten sie noch ein wenig zusammengesessen, eine Karaffe Weins getrunken, und dann hatte sich Abdul – für Susan schon ein wenig überraschend – herzlich, aber nicht überschwenglich verabschiedet, hatte von unaufschiebbaren, lästigen Geschäften gesprochen und ihr einen angenehmen Aufenthalt gewünscht. Vielleicht, so meinte er, sähe man sich noch für ein oder auch zwei Stunden, bevor sie, Susan, ihren Dienst wieder versehen müsse, ihre Analysen... Einen winzigen Augenblick hatte Susan sein Lächeln ein wenig arglistig empfunden, aber dann ergriff sie echtes Bedauern, vielleicht auch ginge mit Abdul diese vage Spur, dieses Verdächtchen verloren... Nun ja – und das gestand sie sich ein –, unsympathisch war er ihr gerade nicht...

Schon am nächsten Morgen vermochte Susan mit ihrem so plötzlich gewonnenen Müßiggang nichts Rechtes anzufangen. Nach einem ausgiebigen Frühstück, von dem sie überzeugt war, genösse sie es täglich, es risse wohl ein beträchtliches Loch in ihr mageres Erspartes, ordnete sie langsam ihre Gedanken, beschloß, einen kleinen Bummel zu machen, änderte jedoch sofort ihren Plan, als sie vor dem Hotel eine Eselausleihe entdeckte. Sie mietete ein solches Fortbewegungsmittel und ließ sich gemächlich ortsauswärts tragen, und natürlich nicht zufällig in die Richtung, in der sie die sogenannte Konservenfabrik wußte.

Mehr aus Gewohnheit denn Befürchtung vergewisserte sie sich, daß ihr niemand folgte. Es gab nicht den geringsten Anhaltspunkt, daß ihre Mission etwa ruchbar geworden sei. Mäßig viele Leute waren unterwegs, Müßiggänger und Geschäftige, die meisten ihr von außerhalb entgegenkommend. Etwas Auffälliges konnte Susan nicht entdecken.

Am Rande des lichter gewordenen Palmenhains, noch zwischen Gestrüpp, Neupflanzungen und saftigen, weil nach technischem Höchststand gut bewässerten Hirsefeldern, bog Susan auf einem schmalen Trampelpfad nach links ab, ließ das Eselchen gemächlich trotten...

Die Kundschafterin mußte zu ihrem Kummer feststellen, daß der Zaun, der das fragliche Objekt umschloß, von jenem breiten Vegetationsstreifen, in dem sie sich zum Zeitpunkt befand, ebenso weit entfernt wie von der Straße verlief. Das hieß, wollte man sich ihm nähern, mußte man etwa fünfzig Meter über eine öde, von allen Hindernissen und Bewüchsen befreite Fläche. Es fehlte nur, daß man sie gepflügt und geeggt hätte... Und wenn es sich also – was sich in Susan als fixe Idee festgesetzt hatte – nicht um eine Konservenfabrik handelte, konnte jede Annäherung von einem Aufpasser beizeiten entdeckt werden. Im übrigen konnte sich Susan nicht vorstellen, daß man, aus welchem Grunde auch immer, ein so deklariertes Werk mit einer derartig stabilen Zaunanlage versehen müßte.

Susan schätzte die Länge des Zaunstückes, an dem sie sich befand, auf etwa fünfhundert Meter, also war die Ausdehnung des Areals in dieser Richtung wesentlich geringer als parallel zur Straße. Links von ihr knickte die Umfriedung um 90 Grad ab zur zweiten Längsseite der zweifelsfrei rechteckigen Abgrenzung. Dort, im schmalen Streifen zwischen Objekt und den Bergen, hatte man sich nicht die Mühe gemacht, die Anlage mit einer Hecke zu tarnen. Aber im Hundertmeterabstand etwa entdeckte Susan Wachtürme, die ihr Zweifeln an der Zweckbestimmung der Fabrik keineswegs zerstreuten. Und wenn sie sich nicht täuschte, befanden sich auf diesen Türmen bewaffnete Leute...

Viel deutlicher konnte sie nun ausmachen, daß unentwegt in nicht abreißender Folge schwere Lastkraftwagen das Terrain verließen und andere leer im Gegenverkehr hineinfuhren. Gelber Staub wallte.

Susan war sich sofort im klaren, daß sie Gewißheit über seine Zweckbestimmung nur im Objekt selbst würde erhalten können. Also blieb nur eines: auskundschaften, wie sie bewerkstelligen könnte, hineinzukommen. Auf eine Umrundung des Geländes verzichtete sie, das hätte womöglich nur unnötiges Aufsehen erregt; der rückwärtige Zaun verlief über freies Gelände nahe der völlig kahlen Hügel, und irgendwo hätte sie den Weg und Staubwirbel der Transporter kreuzen müssen.

Ins Hotel zurückgekehrt, fragte Susan mit aller Zurückhaltung den Portier, einen intelligenten Burschen, der mit allen Wassern gewaschen schien, nach diesem und jenem, nach Sehenswürdigkeiten und nach der Konservenfabrik. Sie bekam allerlei Ratschläge und Erläuterungen, auch die gewünschte: Die Fabrik sei Baustelle, dort würden keine Einheimischen arbeiten. Aus europäischer Sicht gehe es auf hiesigen Baugeländen vielleicht – er hob bei dieser Tirade fatalistisch Arme und Schultern – nicht ganz so akkurat zu. Deshalb wohl und sicher auch aus Gründen der Konkurrenz seien Besucher vorerst nicht erwünscht. Ja, wenn sie im nächsten Jahr fertig sein wird...

Am Nachmittag ließ Susan es sich wohl sein; denn wie sie Lareaux kannte, würde er ihr den beantragten Zeitraum tatsächlich als Urlaubstage anrechnen. Sie unternahm einen Bummel durch die wenigen Geschäfte, ohne etwas einzukaufen, schwamm ausgiebig im luxuriösen hoteleigenen Swimmingpool, unterhielt sich angeregt mit einem Engländer, der in Sachen Öl unterwegs war.

Susan ging an diesem Tag beizeiten zu Bett. Bereits um fünf Uhr des folgenden Morgens befand sie sich im Wäldchen, von dem aus sie die Rückseite der Fabrik einigermaßen getarnt beobachten konnte. In der Nähe hatte sie ein Tor im Zaun entdeckt, und sie brauchte Informationen, was sich dort tat.

Es wurden zwei im Grunde enttäuschende, weil ziemlich nutzlose Stunden. Kurz vor sechs Uhr, zum Schichtbeginn, wurden Arbeiter ausschließlich in Omnibussen herbeigefahren. Ein wenig Glück hatte Susan insofern, als wenige Meter vor dem Eingang eines der Fahrzeuge ausfiel, die Leute aussteigen und zu Fuß zum Tor gehen mußten. So konnte die Beobachterin feststellen, daß sie einheitliche grüne Arbeitsanzüge und gelbe Schutzhelme trugen.

Kontakte vorzubereiten, zu knüpfen, um eventuell halboffiziell in einen solchen Berufsverkehrbus und damit in das Objekt zu gelangen, gab Susan alsbald auf. Das wäre zu langwierig gewesen, zu auffällig auch, immer vorausgesetzt, es handelte sich nicht um Konserven.

Einen grünen Anzug konnte Susan erwerben, einen Schutzhelm nicht. Sie erstand als Ersatz ein gelbes Tuch, war sich sicher – auch eingedenk der Worte des Portiers –, daß so strenge Regeln, ein Helmzwang zum Beispiel, auf dieser Baustelle wohl nicht herrschen würden.

Nach Mitternacht brach Susan auf, verhältnismäßig mangelhaft ausgerüstet, bewaffnet nur mit einer Taschenlampe und einer klotzigen Drahtschere.

Die Nacht zeigte sich pechfinster, so daß Susan ihre Not mit der Orientierung hatte. Die Scheinwerfer der um diese Zeit sehr spärlich fahrenden Autos zeigten ihr lediglich den Verlauf der Straße. Dennoch fand sie den abbiegenden Trampelpfad, aber sie benötigte fast zwei Stunden, bis sie glaubte, den günstigen Ausgangspunkt erreicht zu haben, den sie sich am Tage ausgewählt hatte – eine Stelle, an der der Randstreifen der Oase ausbuchtete, so daß nurmehr etwa dreißig Meter Abstand bis zum Zaun verblieben, an dem in diesem Abschnitt auch bereits eine nennenswert dichte Hecke herangewachsen war, die ausreichend Deckung bieten würde.

Susan überquerte ohne jede Hast den kahlen Streifen, gewiß, daß man sie im Finstern nicht sehen konnte. Gegen die neumodischen elektronischen oder anderen raffinierten Alarmanlagen würde in ihrem Falle ohnehin nichts helfen. Das mußte sie einfach in Kauf nehmen...

Ihrer hatte sich jenes Magenkribbeln bemächtigt, Indikator von Erregung und Angst. Erneut hatte sie für wenige Augenblicke das Empfinden, diesmal verlaufe ihre Mission anders als sonst, wenngleich sie dieses Gefühl nicht hätte konkretisieren können und sie sich bereits des öfteren in einer ähnlichen Situation befunden hatte. Was schon konnte ihr, mit ihr geschehen? Freilich, es kam wohl auf die Art des Objekts, seine Wichtigkeit, auf das Sicherheitsbedürfnis seiner Betreiber an. Eine Sekunde dachte sie an die bewaffneten Leute auf den Türmen.

Susan hatte die simple Absicht, erst einmal einzudringen,

sich unter die Arbeitenden zu mischen, zu beobachten und bei günstiger Gelegenheit das Terrain wieder zu verlassen. Wohl bedacht hatte sie dabei, daß ihr ihre gebräunte Gesichtshaut und die dunklen Augen gute Dienste leisten würden.

Als sie sich am Zaun befand, er bestand aus einem stabilen, veredelten Maschendraht, hatte sie nicht den Eindruck, einen Alarm ausgelöst zu haben. Sie erfühlte die Drähte mehr, als sie sie sah, mußte zum Ansetzen der Zange doch den Schein der Taschenlampe durch die gespreizten Finger auf die Maschen richten, und sie schnitt und verbog die Drahtenden so, daß sie sie, nachdem sie durch das Loch geschlüpft war, wieder richten konnte. Die Beschädigung würde so einem flüchtigen Blick entgehen.

Aus den Gebäuden fiel so gut wie überhaupt kein Licht, und der Hof lag völlig im Finstern.

Susan kauerte sich in eine Ecke, fest entschlossen, den morgendlichen Schichtwechsel abzuwarten. Doch alsbald begann sie mörderisch zu frieren und damit zu zweifeln, ob ihre Idee, auf diese Art und so dürftig gerüstet ins Objekt vorzudringen, eine gute war...

Als sie die Kälte und damit das Warten nicht mehr aushielt, pirschte sie zum hinteren Tor, gezwungen zu größeren Umwegen, weil Bauten und überdachte Korridore einen direkten Durchgang nicht zuließen. So stellte sie fest, daß alle Gebäude im wesentlichen miteinander verbunden waren, ein Laufen über den Hof und also auch seine Beleuchtung im Normalfall unnötig wurden.

Je näher Susan dem Tor kam, desto lauter wurde der Lärm der Lastkraftwagenmotoren.

Der Zugang zur Fabrik wurde auch nachts bewacht! Der Wächter befand sich auf einer Plattform in Höhe der Fahrzeugführerhäuser, und er sah tatsächlich in jedes hinein. Als Susan dieses gewahrte, beschlich sie doch ein beträchtliches Angstgefühl. Ringsherum etliche Kilometer Zaun sind ohne Anstrengung zu bezwingen, und am Tor kontrollieren sie jedes von den Hunderten ankommenden Autos auf blinde Passagiere? Da paßt etwas nicht zusammen!

Aus der offenen Halle, in die die Dumper einfuhren, drang

erheblicher Lärm, wie ihn rolliges, hartes Schüttgut während des Verkippens verursacht.

Es fiel Susan verhältnismäßig leicht, den linken, aufklaffenden Torflügel zu erreichen, hinter ihn zu schlüpfen, und, das hatte sie erhofft, sie konnte dort, wo das Torblatt in den Angeln saß, durch einen ziemlich breiten Spalt in die Halle spähen. Allein, was sie sah, war mäßig. Trübe, stark verschmutzte Lampen brannten, und ein dichter Staub vermischt mit Auspuffgasen stand in der Luft. Mit Mühe konnte sie ausmachen, daß über eine breite Rutsche aus einem alle Minuten ankommenden Skipförderkorb Gestein in die Kipper gelenkt wurde, die in einer Schlange anstanden, auf diese Art flott beladen wurden und die Halle wieder verließen. Neben den Fahrzeugen bewegten sich einige – Susan traute ihren Augen kaum – Arbeiterinnen, die herabgefallenes Gut aufgabelten und in einen gummibereiften Hunt luden. Es waren die miserabelsten Arbeitsbedingungen, die Susan je gesehen hatte. Aber darin erkannte sie auch ihre Chance. Geduckt drang sie in die Halle vor, als ein voller Laster herausfuhr und sie sicher sein konnte, daß sie sich im toten Sichtwinkel des Fahrers befand – und wer würde schon, wenn nicht zufällig, bei diesem entnervenden Routinebetrieb wohl andauernd in den Rückspiegel starren...

Susan fühlte Dämpfendes unter den Füßen, neben der LKW-Spur lag eine mehrere Zentimeter dicke Staubschicht. Sie drängte sich hinter dem Torflügel an die Mauer, aus deren groben Fugen sie unangenehm Schmutz rieseln fühlte.

Als sie an eine abgestellte Gesteinsgabel stieß, überwand Susan den Ekel, griff vom Boden eine Handvoll Staub, tauchte ihr Gesicht hinein und verrieb die mehlige Masse. Mit ein paar Schritten befand sie sich an der sich vierfach verzweigenden Schurre und gabelte herabgefallenes Schüttgut auf – wie die vier anderen Frauen auch.

Susan benötigte nur ein paar Minuten, um zu begreifen, daß sie sich am Übertage-Füllort eines viertrümigen Schachtes befand, aus dem ununterbrochen Gestein zu Tage gefördert wurde. Sie hätte sich des verkleideten Turms, den sie von der Straße aus gesehen hatte und der die Seilzüge und Umlenkrollen barg, gar nicht zu erinnern brauchen.

Eine Konservenfabrik? Mitnichten!

Der Geschwindigkeit nach, mit der die Skipförderer in der Tiefe verschwanden, und dem Zeitintervall, nach dem sie gefüllt wieder auftauchten – ohne jeden Verzug vollautomatisch gesteuert –, mußte der Schacht mehrere hundert Meter tief sein.

Nach einer Weile anstrengenden Ladens wußte Susan, daß ihr dieser Ort keine neuen Eindrücke vermitteln, Erkenntnisse bringen würde. Der klebrige Staub, der durch alle Kleiderschlitze drang, Kehle und Nase verkleisterte, die stinkenden Auspuffgase, machten ihr arg zu schaffen, und sie überlegte, wie sie den Rückzug antreten könne. Außerdem würde ihr, so eingeschmutzt, wie sie nun war, der Zutritt zu anderen Anlagen, den Kantinen und Kauen, wohl schwer gelingen.

Von einer der Ladeflächen fiel eine größere Menge Gesteins. Susan und eine zweite Arbeiterin, die sich ein Tuch vors Gesicht gebunden hatte, bemühten sich um die Beräumung.

„Aber – Susan Lahr – das ist doch keine Arbeit für Sie!"

Vor Schreck starr verblieb Susan Augenblicke in ihrer gebückten Haltung. Dann setzte ihr Denken wieder ein. Links und rechts erblickte sie neben sich je ein Beinpaar. Langsam richtete sie sich auf. Man muß wissen in diesem Beruf – die Worte klangen so deutlich in ihrem Ohr, als befände sie sich im Hörsaal –, wann man eine Niederlage erleidet, wann man, vorübergehend oder gänzlich, aufgeben muß.

Susan wandte sich dem Rufer zu, der ganz dicht neben ihr stand, sonst hätte sie wohl die Worte im allgemeinen Lärm nicht so deutlich vernommen. „Ja – Sie haben recht!" rief sie betont forsch. „Gehen wir!" Und sie machte einen Schritt in Richtung auf das Tor zu.

Da legten sich zwei Hände auf ihre Oberarme und bremsten ihren Vorwärtsdrang.

„Ja, gehen wir", sagte derselbe Mann, jener an ihrer linken Seite. „Aber hier entlang." Und sie führten Susan weiter in die düstere, staubige Halle hinein. Erst nach einigen Metern stellte Susan die Gesteinsgabel ab, die sie bis dahin fest umkrampft gehalten hatte.

Ernesto van Heim ging klassisch vor. Die Lahr hatte keinerlei

Nachricht erhalten, daß er zu ihrer Unterstützung auftauchen würde, also mußte er den Kontakt suchen, ohne sich und sie verdächtig zu machen. Noch war niemandem klar im Amt, wie heiß die Spur sein würde, auf der sich Susan befand, und ob die Gegenseite sich bereits beunruhigt fühlte. Wenn ja, mußte man mit ihrer Reaktion rechnen. Inwieweit die einheimische Polizei bei einem solchen Fall vorbehaltlos mitwirken könnte, blieb zunächst dahingestellt. Im allgemeinen ließ man sie, solange keine landläufigen Kapitalverbrechen mit den Geschäftsmachenschaften verbunden waren, aus dem Spiel.

Nach einigen Tricks und Recherchen erfuhr Ernesto van Heim überraschend, daß eine Susan Lahr mit unbekanntem Ziel abgereist sei. Da ihre Rechnung im voraus beglichen worden war, habe sich der Hotelservice von sich aus nicht einzuschalten brauchen.

Über das Konsulat sprach Ernesto van Heim mit Lareaux. In solcher Situation mußten, der Sicherheit der Mitarbeiter wegen, selbstverständlich Teile der Deckung aufgehoben werden.

Van Heim bekam die Order, vor Ort zu verbleiben, äußerst vorsichtig zu recherchieren, das hieß natürlich in erster Linie zu erkunden, mit wem die Lahr während des Symposiums Kontakt hatte, und im übrigen sich alle zwei Tage im Konsulat zu melden. Darüber hinaus behielt man sich in der Heimat weitere Maßnahmen vor.

Als sie Susan in die gewünschte Richtung bugsiert hatten und die Aufgegriffene keine Anstalten machte, Widerstand zu leisten, ließ der Druck der Hände an ihren Oberarmen nach, ging über in ein eher vorsorgliches Führen; denn man befand sich noch immer in der Halle im dichten Staub. Und je weiter man sich vom Arbeitsherd entfernte, desto düsterer wurde das Licht.

Dann erreichte man eine Wand. Trotz des beträchtlichen Schmutzes ringsum bemerkte Susan, daß sie vor einer Repräsentationsfassade stand. Offensichtlich hatte man an diese die Arbeitshalle provisorisch angebaut, in der Absicht wohl, sie später wieder zu entfernen.

Durch eine massive Tür führte der Weg in eine Art Schleuse, hell und freundlich im Inneren, und Susan atmete auf. Im Vorraum beklopften die Männer ihre Kleidung, Susan tat es ihnen gleich, dann betraten sie einen anschließenden Raum, aus dem, als sie die Tür öffneten, hörbar Luft entwich.

„Wir versuchen, uns mit ein wenig Überdruck den Staub vom Leib zu halten", erläuterte – als wolle er sich entschuldigen – Susans rechter Begleiter.

„Interessant! Aber Sie begreifen wohl, daß es mich mehr interessiert, was Sie mit mir vorhaben", entgegnete Susan spitz. Sie musterte ihre Begleiter: ein überschlanker und ein untersetzter Mann, ersterer mit einem kleinen Schnurrbart, der andere feisten Gesichts und schütteren Haars. Professionelle Wachleute, schätzte Susan ein, im Grunde ein bequemer Job, der eine bestimmte Kategorisierung solcher Leute durchaus zuläßt.

„Doch! Wir haben den Auftrag, Sie in Ihr Appartement zu geleiten." Der links gehende Mann deutete eine Verbeugung an, und der Satz war nicht ohne Ironie.

„Ich vermute, hier im Objekt?"

„Sie vermuten durchaus richtig."

„Und von wem ist der Auftrag?"

„Vom Hausherrn, natürlich."

„Tja, von wem auch sonst..."

„Eben!"

Während ihr zweiter Begleiter, der mit dem Schnurrbart, sich in Schweigen hüllte, schien dieser andere Spaß an dem Auftrag zu haben. Susan wußte, Nennenswertes würde sie nicht erfahren, es sei denn, der Partner gab ungewollt im Frotzeln etwas preis. Also legte sie es darauf an, das Gespräch im Fluß zu halten. „Wer dieser so fürsorgliche Hausherr ist, können Sie mir wohl nicht sagen."

„Kann schon", er lächelte und zog die Schultern an. „Darf nicht. Aber er wird Sie natürlich aufsuchen, sobald es seine Zeit erlaubt. Er ist nämlich sehr beschäftigt."

„Was Sie nicht sagen!" Susan wechselte das Thema. „Wie haben Sie mich entdeckt?"

Sie waren unterdessen in einen mit einem dicken Läufer ausgelegten Korridor gelangt, von dem nach beiden Seiten Türen abgingen, beschildert in der Landessprache. Damit konnte

Susan nichts anfangen. Linkerhand, vor einer verglasten Tür, blieb sie stehen. Sie blickte in eine modern ausgestattete Leitzentrale hinein. Ein jüngerer, vollbärtiger Mann winkte ihr zu. Die Zweckbestimmung der Einrichtung erkannte Susan nicht.

„Das Objekt ist ganz gut gesichert", beantwortete ihr redseliger Begleiter ihre Frage.

„Für Konserven ein ziemlich hoher Aufwand, nicht?"

„Ja, ein hoher Aufwand."

„Und weil der Export noch nicht so richtig flutscht, stapeln Sie die Büchsen in einem tiefen Keller."

„In einem sehr tiefen..." Er blinzelte ihr tatsächlich mit einem Auge zu. „Dabei ist der, bei dessen Bau Sie so – selbstlos geholfen haben, schon der zweite. Einer ist bereits in Betrieb. Dort wird – probegestapelt."

Na immerhin, eine konkrete Information. Susan beschloß, den albernen Dialog so lange wie möglich aufrecht zu erhalten, wenngleich ihr manches von dem, was jener Mensch von sich gab, unangemessen keß erschien. Aber es blieb für das Gespräch keine Möglichkeit mehr. Sie waren am Ende des Korridors angekommen, an einer furnierten, massiven Tür, versehen mit einem dezenten Sicherheitsschloß.

Der gesprächige Begleiter zog einen Schlüssel, schloß und stieß die Tür auf. Dann verbeugte er sich und sagte höflich – Susan hörte diesmal nicht die geringste Ironie heraus -: „Bitte treten Sie ein, Madame. Ich wünsche Ihnen einen angenehmen Aufenthalt – ja, fühlen Sie sich wie zu Hause, soll ich Ihnen ausrichten."

Susan war eingetreten, hatte noch die Frage auf der Zunge, wie es weitergehen solle, da schloß sich der Eingang, und sie hörte, wie sich der Schlüssel zweimal im Schloß drehte. Jäh wandte sie sich um, und sie spürte einen Augenblick den Drang, an die Tür zu stürzen, dagegenzuhämmern und um Hilfe zu rufen. So schnell wie die Regung gekommen war, schwand sie. Albern, dachte Susan. Sie hatte sich während ihres langjährigen Dienstes in wirklich schlimmen Situationen befunden, einmal ging es sogar um ihr Leben. Hier, was sollte hier schon passieren. Erst recht nach der bisherigen Behandlung. Allerdings – noch wußte sie nicht, was hinter dem Ganzen steckte. Jähe Wendungen, auch im Umgang mit dem Gegner, blieben in diesem Geschäft nicht ausgeschlossen. Nun, Spekulationen halfen wie stets nichts. Nach Lage der Dinge blieb keine andere Wahl als abzuwarten, gute Miene zu diesem Spiel und das Beste daraus zu machen.

Eines tröstete Susan natürlich: Offensichtlich befand sie sich im richtigen Film, und jener Abdul Chamed hatte gewiß eine wichtige Rolle inne. Er war es, der von einer Konservenfabrik gesprochen hatte. Aber er in seiner Position mußte natürlich wissen, daß es sich nicht um eine solche handelte. Ärgerlich blieb, so hineingetapst zu sein in eine – nachträglich gesehen – derart primitive Falle... Und das war es wohl, was Susan die ganze Zeit über irgendwie gespürt zu haben glaubte: Der Fall lief nicht wie andere. Natürlich! Sie haben von Anfang an von meiner Mission gewußt, haben mich gleichsam an der Nase herumgeführt, mich tanzen lassen, wie einen Bären. Dieses scheinheilige Angebot – Urlaub, ha! Die Tage muß Lareaux wieder herausrücken! Und ich Huhn falle darauf herein, schlimmer als ein Anfänger. Und da ist dieser Abdul ganz gewiß eine, wenn nicht die Schlüsselfigur.

Soweit in den Überlegungen gekommen, war Susan einerseits auf Abdul wütend, andererseits beruhigte es sie, daß er offenbar der Gegenspieler war – und dessen war sie sich nun ganz sicher. Aber von ihm hatte sie wohl persönlich nichts zu befürchten, so weit glaubte sie, ihrer Menschenkenntnis trauen zu können.

Und der Auftrag? Kommt Zeit, kommt...

Susan sagte sich abermals, es sei das Beste aus der Situation zu machen, niemand würde ihr das verübeln, und das hieß, sich mit dem Nächstliegenden, mit ihrer unmittelbaren Umgebung zu befassen, die auf den ersten Blick keineswegs unattraktiv wirkte.

Schon – man hatte sie in ein solides Appartement gesperrt – mit einer Besonderheit: Nicht ein Fenster befand sich in dieser Wohnung. Dafür hatte man eine vorzüglich funktionierende Klimaanlage eingebaut – und: Man hatte ihren Aufenthalt von langer Hand vorbereitet! Sie fand eine Anzahl Kleidungsstücke ihrer Konfektionsgröße vor und andere Utensilien – wie Kosmetika – für den täglichen Gebrauch, alles nicht von übertriebenem Luxus, aber doch gediegen. Außerdem überraschte sie im kleinen Schlafzimmer der Anblick ihres Gepäcks aus dem Hotel. Man war also auf Nummer Sicher gegangen.

Der Kühlschrank zeigte sich wohlgefüllt, und über weitere Nahrungsmittel, die wohl drei Wochen reichen würden, konnte sie verfügen. Das nahm Susan mit gemischten Gefühlen auf. Doch zunächst verwarf sie alle Spekulationen und trüben Gedanken, badete ausgiebig, aß eine Kleinigkeit, und danach gelang es ihr sogar, einige Stunden des versäumten Schlafes nachzuholen.

Susan machte eine Bestandsaufnahme. Sie untersuchte die Wohnung gründlich, stellte schnell fest, daß sie das Telefon mit einem Diensthabenden verband, der sich erbot, ihre Wünsche – so weit möglich, versteht sich – zu erfüllen, ansonsten keine Auskunft geben könne, und daß die einzige – was die Sicherheit ihres Gefängnisses anbetraf – schwache Stelle die Klimaanlage sein könnte. Böten ihre Kanäle Raum genug, einen Menschen aufzunehmen in all den möglichen Windungen, wäre ein Ausbruchsversuch nicht ohne Chance – natürlich verbunden mit der Hoffnung, daß die übrigen Sicherungsanlagen von innen nach außen weniger sensibilisiert wären...

Für den Augenblick aber hielt Susan das Abwarten für die einzige Möglichkeit, eventuell doch noch einiges über das gesamte Objekt zu erfahren, von dem sie mittlerweile überzeugt war, daß es unmittelbar mit ihrem Auftrag im Zusammenhang stehe. Ein Ausbruch mit mehr Erkenntnissen – vorausgesetzt, er gelänge – ließe, trotz ihrer Enttarnung, Maßnahmen zu, die schon zur Ahndung des illegalen Nuklearhandels führen würden.

Es fiel Ernesto van Heim nicht besonders schwer, festzustellen, daß Leutnant Susan Lahr während des Symposiums intensiveren Kontakt mit jenem Abdul Chamed gepflegt hatte, auf den sich ohnehin die meisten Verdachtsmomente konzentrierten. Daraus zu schlußfolgern, Susan habe womöglich erfolgreich ermittelt, sei aber dabei nicht unentdeckt geblieben, bedurfte keiner besonderen kriminalistischen Anstrengung.

Von der Zentrale wurde eine Sonderberatung anberaumt, in der alle Fakten, Motive und Verdachtsgründe zusammengetragen werden sollten. Daraus wollte man eine Strategie zur Befreiung der Lahr ableiten – an einem unfreiwilligen Verschwinden zweifelte niemand – und, wie verlautet, zweitrangig, versuchen, auch den Fall weiter aufzuklären. Als man in diesem Zusammenhang die Besitz- und Beteiligungsverhältnisse des Abdul Chamed einer gründlichen Prüfung unterzog, stieß man des öfteren auf eine neue Unternehmung, die unter der Bezeichnung „Natural Fruits" international registriert war. Dahinter, so erfuhr man, stehe eine große Produktionsstätte im Emirat El Serd, die in Bälde das Geschäftsgeschehen in diesem Bereich bedeutend beeinflussen werde. Und diese neue Fabrik lag just am Rande der Oase Nechmal, in welcher sich Susan – was für ein Zufall! – bis zu ihrem Verschwinden angeblich urlaubernd aufgehalten hatte. Es gab also Order und einen erweiterten Einsatzplan zur Aufklärung dieses mysteriösen Objekts – natürlich unter Wahrung aller internationalen Rücksichten – mit dem Ziel, so schnell wie möglich den Verbleib Susans herauszufinden oder – mit ihren Entführern Verhandlungen aufzunehmen. Kidnapping mit Erpressung waren in diesem Geschäft keineswegs ausgeschlossene Methoden.

Es tat sich absolut nichts. Trotz mehrerer ihr verständlicher Rundfunk- und Fernsehprogramme, einer umfänglichen Biblio- und Videothek fühlte die junge Frau den Zeitpunkt nahen, zu dem die Unerträglichkeit ihrer Situation die Vernunfthaltung übersteigen und sie den Handlungsdrang würde nicht mehr unterdrücken können, selbst wenn die Erfolgsaussichten für eine Flucht – in Hinblick auf die Klimaanlage – sehr gering erschienen. Auch eine gewisse Zermürbungstaktik gegenüber dem Diensthabenden, den sie alle zwei Stunden anrief und mit der Frage traktierte, ob es in ihrem Falle Neues gäbe, schlug nicht an. Sie bekam stets ein stereotypes, höfliches „leider nein" zu hören.

Nach vier Tagen des Aufenthalts in ihrem goldenen Käfig begann Susan ihren Ausbruchsversuch vorzubereiten. Auf das sorgfältigste untersuchte sie das Zimmer mit der Hauptöffnung zur Klimaanlage auf Abhör- oder gar Abseheinrichtungen. Als sie derartiges nicht fand, begann sie mit Werkzeugen aus der Küche vorsichtig das Schutzgitter der Luftschleuse zu demontieren, sehr darauf bedacht, Spuren so gering wie möglich zu halten.

Mitten in dieser Arbeit wurde sie durch das Läuten des Telefons erschreckt, das erste Mal in diesen Tagen, daß sich jemand über den Apparat von sich aus bemerkbar machte.

Susan erhielt vom Diensthabenden die sehnlich herbeigewünschte Nachricht, daß sich in wenigen Minuten ein Besucher bei ihr einfinden werde.

„Na endlich!“ Susan sagte es laut und befreit, wenn auch nicht ohne Spannung und Beklemmung. Dann beseitigte sie rasch alles, was auf ihr vorhergehendes Tun hätte aufmerksam machen können.

Wenig später wurde angeklopft, sogleich die Tür aufgeschlossen.

Susan begab sich in die Diele, dort stand Abdul Chamed mit einem höflichen, vielleicht eine Spur verlegenen Lächeln und verbeugte sich grüßend. Von draußen wurde der Schlüssel zweimal im Schloß gedreht. Auch eine Art Vertrauensbeweis, dachte Susan. Im Ernstfall hätte sie sich zugetraut, mit dem zierlichen Abdul im Kampf fertig zu werden...

„Ich grüße Sie und bitte gleichzeitig sehr um Verzeihung und – Ihr Verständnis.“ Mit einer unbestimmten Armbewegung verwies er auf die Umgebung. „Ich wäre gern früher gekommen, aber, die Geschäfte, Sie verstehen...“

„Eigentlich nicht“, erwiderte Susan freundlich, ohne seinen Gruß zu erwidern. Überrascht, daß es sich bei dem Besucher um Abdul Chamed handelte, zeigte sie sich ebenfalls nicht. Nach ihren Überlegungen hatte sie sogar damit gerechnet. „Bitte treten Sie ein, nehmen Sie Platz!“ Sie war überzeugt, daß eine ablehnende Haltung ihrerseits im Augenblick ganz falsch gewesen wäre.

Der Besucher zog eine Sekunde lang ob dieser Besitzergreifung Susans die Augenbrauen hoch. Dann folgte er der Einladung.

„Ein Drink?“ Susan fuhr in ihrer Rolle der Wohnungsinhaberin fort, die ihr spontan eingekommen war.

„Ja bitte". Abdul Chamed schien verunsichert.

Susan bereitete bedächtig zwei Martinis mit Zitrone und Eis, servierte, nahm Platz, nickte Abdul zu, trank einen Schluck, setzte nachdrücklich das Glas ab und sagte: „Ich höre."

„Sie sind hier – entschuldigen Sie – bei Nacht und Nebel eingedrungen. Das ist mindestens – auch nach Ihrem Recht – Hausfriedensbruch." Er sagte es mehr bedauernd als vorwurfsvoll.

„Und Sie reagieren mit Freiheitsberaubung, Kidnapping und halten das für angemessen, ja?" Sie entgegnete das in einem nicht ganz ernst zu nehmenden Ton, sah ihn dabei aber herausfordernd an." Ich war einfach neugierig, hatte nichts zu tun, wollte auch wissen, warum Sie schwindeln, das ist alles – vielleicht ein wenig Abenteuerlust. Ich war als Kind schon so. Und Sie behandeln mich wie, wie einen Verbrecher."

Er lächelte, trank. Seine Unsicherheit war geschwunden. „Wollen wir das Spielchen nicht lassen, Leutnant Lahr? Sehen Sie, ich erkenne ja an, daß Sie uns auf die Spur gekommen sind, zu früh! Gewiß – bei Ihrer Erfahrung...", er machte im Sessel eine angedeutete Verbeugung, „...nicht allzu schwierig, aber eben zu früh. Wir können uns den öffentlichen Skandal noch nicht leisten.

In zwei, drei Wochen vielleicht. Es wäre alles umsonst gewesen.., und, darum bin ich hier, ich möchte Sie ersuchen, uns keine Schwierigkeiten zu machen. Und das...", er lächelte abermals, „...gelänge am besten, wenn Sie diese Zeit hier verbrächten. Wir werden Sie natürlich entschädigen. Aber um diese Geduld muß ich Sie bitten. Sagen Sie noch nichts – erst wenn Sie wissen... Ich bin bereit, Ihnen unser Vorhaben zu offenbaren, Ihnen, äh, die Konservenfabrik zu zeigen, wenn Sie es wollen, sofort."

Susan hatte ob der drei Wochen heftigen Protest auf der Zunge. Doch sie ging, aus Neugier und in Sicht auf ihren Auftrag, auf seinen Vorschlag ein. „Gut", sagte sie, trank einen großen Schluck. „Das heißt aber nicht, daß ich das, was Sie mit mir vorhaben, akzeptiere. Wir sprechen nachher weiter..."

Abdul nickte zuvorkommend. „Einverstanden."

Im Korridor schloß sich ihnen ein großer vollbärtiger Mann

an, ein Wächter, der sich mehrere Schritte hinter ihnen hielt, am Fahrstuhl aber, auf einen Wink Abduls hin, sich devot entfernte.

Sie erreichten eine Art Bahnhof, eine große fensterlose Halle mit verkleideten Wänden und gewölbter Decke, an deren einer Stirnseite sich eine Großliftanlage befand, links davon aber für die Personenbeförderung ein normaler Fahrstuhl. Dorthin führte Abdul Susan. In Sichtweite befand sich nur ein einzelner Mann; dieser riß dienstbeflissen die Tür auf. Dann ging es in sausender Fahrt abwärts. Alsbald spürte Susan einen unerträglichen Druck auf den Ohren.

„Sechshundert Meter", rief Abdul.

Wie aus weiter Ferne vernahm Susan diese Mitteilung.

Unten angekommen, fühlte sie sich halb taub. Nur allmählich und nach intensivem Schlucken glichen sich ihre Ohren den unter Tage herrschenden Druckverhältnissen an.

Sie befanden sich in einer Halle, die jener über Tage aufs Haar glich, durchschritten diese, passierten mehrere Tore, die den Tresortüren von Großbanken alle Ehre gemacht hätten, und erreichten schließlich eine exquisite Steuerzentrale, die von lediglich zwei Personen, einer Frau und einem Mann, besetzt war. Farbige Signalleuchten, belegte Monitore und rukkende Zeiger von Instrumenten dokumentierten, daß die Anlage, die von hier aus überwacht wurde, arbeitete. Fachmännisch arrangiert standen Grünpflanzen und Blumen im mit einem weißlichen Holz getäfelten Raum. Wortlos gewährte Abdul Einblick in eine anschließende kleine Kantine mit modernen Versorgungsautomaten. Er zeigte mehrere komfortabel eingerichtete Aufenthalts- und Schlafräume, einen Sanitärtrakt mit Sauna und einem kleinen Pool; exquisite Arbeitsbedingungen also für das Bedienungspersonal.

Bis dato hatte Abdul noch kein Wort wieder gesprochen. Er führte mit Gesten und nicht ohne einen Anflug von Stolz im Gesicht vor.

Susan ging die Reihen von Meßinstrumenten, Bildschirmen und Analogschreibern entlang, die ihr wenig sagten, außer eben, daß eine offensichtlich große Anlage arbeitete. Zeiger und Schreiber vermittelten unablässig Werte. Über die Schirme liefen farbige Buchstaben- und Zahlenbänder und Kurven. „Von hier aus also überwachen Sie Ihre – Konservenproduktion", konnte sich Susan nicht enthalten, spöttisch zu fragen.

Ihr Begleiter ging auf die Frage nicht ein, bedeutete ihr, mit ihm an ein ausgeleuchtetes Schaubild zu treten, das rechtwinklig zur leicht gebogenen, langen Instrumentenwand stand.

„Sehen Sie sich das gut an – für Ihren Bericht später", sagte Abdul nun. Seine Stimme kam ihr merkwürdig fremd vor. Waren ihre Ohren noch immer nicht vollständig angeglichen oder bemühte er sich nunmehr um einen unverbindlicheren Umgangston mit ihr?

Auch ohne die großbuchstabige Überschrift: „Versuchsreaktor Fruit 1" hätte Susan sofort begriffen, daß sie sich vor dem Laufschema eines Atomreaktors befand. So weit hatte sie sich die Materie zu eigen gemacht. Na bitte, dachte sie, ohne überrascht zu sein. Das also ist des Pudels Kern. „Das wird Ihnen teuer zu stehen kommen", bemerkte sie beiläufig.

„Ja, es ist teuer!" Abdul mißverstand absichtlich. „Kommen Sie, wir setzen, wenn es Ihnen recht ist, unser Gespräch von vorhin fort."

Er führte Susan über einen Korridor an mehreren Türen vorbei, die Magazine oder Werkstätten abgrenzten. Sie gelangten in einen gediegen ausgestatteten Klubraum, Abdul forderte zum Platznehmen auf, kredenzte einen Juice, drückte dann vor einer großen Bildwand nacheinander Tasten und erläuterte in der knappsten Weise die Projektionen: „Das ist der Reaktor-Vorraum, äußerste Sicherheitszone. Das Brennelementelager, ja, hier liegt das, was Sie suchen. Wärmetauscher, die üblichen peripheren Anlagen. Und hier die beiden Turbinen, je fünfhundert Megawatt, die von 'Fruit eins' betrieben werden. Das ist eigentlich schon alles."

Susan war aufgefallen, daß sie insgesamt höchstens fünf Leute in den Anlagen gesehen hatte.

„Es läuft noch der kalte Test", fuhr Abdul fort. „Ich sagte bereits, Sie sind zu früh dran..." Letzteres bemerkte er in seinem alten, ein wenig spöttischen Tonfall.

„Aber", Susan ging auf seine Anspielung nicht ein. „Warum riskieren Sie den internationalen Skandal, die horrenden Sanktionen? Sie haben in Ihrem Land doch wohl keine Probleme mit der Energie. Ganz im Gegenteil, der Ölexport hat Sie, Ihr Land wohlhabend gemacht. Sie sind dadurch unabhängig geworden, der einheimischen Bevölkerung geht es gut..."

„Resultiert daraus nicht geradezu ein Auftrag, solches zu tun?" unterbrach er und wies auf das Bild mit den Turbinen, das er eingestellt gelassen hatte. „Wer, wenn nicht der Wohlhabende sollte sich heute bereits Gedanken machen, wie es morgen weitergehen könnte? Meinen Sie nicht?"

„Aber Herr Chamed, Sie wissen doch besser als ich, daß gerade die fortgeschrittensten Länder, die sonst in der Wissenschaft und Hochtechnologie den Ton angeben, die Atomenergie verfehmen."

„Bah! Das ist oft politischer Firlefanz, Seelenfängerei, Wahlkampfgeplänkel, Konkurrenzneid. Die einen haben zuviel teure Kohle, die anderen Öl, betreiben Raubbau und Von-der-Hand-in-den-Mund-leben nach dem Motto: Nach uns die Sintflut..." Abdul redete sich in Rage, was Susan nicht gering amüsierte.

„Na, na, übertreiben Sie da nicht?" entgegnete sie. „Natürlich spielt das alles eine Rolle, aber der Vordergrund ist wohl die Sicherheit, das Risiko. Es kann doch wohl nicht sein, daß Sie Tschernobyl und die anderen Unfälle vergessen haben."

„Ach Susan!" Er tat unernst, resignierend. „Selbstverständlich vergißt das alles niemand, das kann man nicht. Wissen Sie aber auch, wieviele unterirdische Atombombenversuche weltweit mit einem Milliardenaufwand gezündet wurden? Sie alle waren für die Durchführenden und die Umwelt – wie man offiziell hörte – sicher. Und das hier...", er vollführte eine umfassende Armbewegung, „...ist das erste unterirdische Atomkraftwerk, das mindestens ebenso sicher ist. Im wesentlichen kommt an der Tagesoberfläche lediglich ein stromführendes Kabel an."

„Absolut sicher ist nichts, bei solcher Technik gleich gar nicht!" erwiderte Susan heftiger, als sie beabsichtigt hatte. Im Grunde war auch sie eine Verfechterin der Alternativenergie, die auf sich warten ließ, in der benötigten Größenordnung wohl vorläufig ein Wunschtraum der Menschen bleiben würde.

„Das will ich zugeben“, sagte Abdul langsam. „Haben Sie gesehen, wie wenig Menschen sich hier unten aufhalten? Wir haben fast alle Vorgänge automatisiert, das war teuer, sehr teuer! Danach kostet uns eine Kilowattstunde in der Herstellung – später im Routinebetrieb – etwa das Dreifache von dem eines übertägigen Atomkraftwerks. Tja, und wenn dennoch etwas passiert? Bei einem GAU, im ungünstigsten Fall, würden die zehn Menschen, die sich ständig hier unten befinden, verunglücken. Bitte verzeihen Sie meinen Sarkasmus: Das sind ebenso viele wie die Crew eines Großflugzeuges, und Sie wissen, wie oft ein solches abstürzt... Wem, außer den Angehörigen, geht das noch nahe. Ein Zugunglück, Tausende Autounfälle gefährden die sie umgebenden Menschen und die Umwelt wesentlich mehr, als der GAU in einem derartigen Atomkraftwerk...“

„Aber die Kosten!“ Susan war ein wenig kleinlaut geworden. Seine Worte entbehrten nicht zwingender Logik. „Wer kann sich das – außer Ihrem Emirat und einigen anderen reichen Ländern schon leisten?“

Abdul sah sie lange an, schüttelte dann beinahe unmerklich den Kopf.

Susan biß sich ob ihrer Naivität und demonstrierten Unwissenheit auf die Lippen. Natürlich wußte sie die Antwort; Abdul formulierte sie: „Das, Susan, können sich viele, die meisten, leisten, die heute noch, und es sind fast alle Länder der Erde, trotz einiger Fortschritte in der Verständigung zwischen den Völkern, jährlich Milliarden in die Rüstung stecken, Flammenwerfer und Napalm statt warme Stuben, Atomfeuer und Ölbrände anstelle von Licht für alle favorisieren. Meinen Sie nicht, daß sich die Menschheit jede beliebig teure Energie leisten könnte, wenn es all das nicht mehr gäbe? Aber das wissen Sie doch alles selber!“ Abdul lehnte sich zurück, trank einen Schluck, dann lächelte er. „Da kann ich mich ganz schön echauffieren, nicht?“ spottete er.

In Susan stritten die Empfindungen. Warum er, dieser Abdul Chamed, ein Verfechter der totalen Abrüstung, woher bei ihm dieses Sendungsbewußtsein? Ein Spleen, den er sich und seinesgleichen leisten können? Und warum sperrt er mich dann ein, wie paßt das zusammen, wie vereint sich dieses mit seinem schier göttlichen Edelmut? „Wenn Sie solche – lauteren Gedanken haben, warum, zum Teufel, leben Sie nicht danach – zum Beispiel, warum sperren Sie mich ein?“

Abdul lächelte breit. „Ja, wir wollen etwas Nützliches tun, mehr als einen Fingerzeig geben. Aber ich bin auch Geschäftsmann. Eines Tages ist unser Öl versiegt, das uns heute noch solche Projekte erlaubt. Wir werden vor jeder Konkurrenz unterirdische Kraftwerke verkaufen. Glauben Sie, das wird ein Geschäft, und es wird in dem Maße größer, in dem die Menschheit vernünftiger wird. Und daran glaube ich. Erste Schritte, scheint mir, sind getan. Also – selbstlos ist unser Vorhaben nicht.“

„Und warum dann – bei solch edler Bestimmung – die illegale Beschaffung des Brennmaterials?“

Jetzt lachte Abdul. „Sie wissen genau, wie es legal zugeht. Wir hätten uns vor Jahren offenbaren müssen, eine Kommission wäre der anderen gefolgt. Die wache Konkurrenz wäre sofort aufmerksam geworden, hätte gehandelt. Nein, nein, meine Liebe, das war schon überlegt!“

„Sie sind mit dem Stand der Arbeiten und den bisherigen Ergebnissen zufrieden?“

„Sehr! Der Test läuft außerordentlich positiv.“

„Da verstehe ich meine mir zugedachte Rolle erst recht nicht“, betonte Susan ziemlich heftig.

Abdul nickte. „Wir werden das überprüfen müssen. Aber bevor die ersten Tage des heißen Tests nicht erfolgreich verlaufen sind, sehe ich keine Chance für Ihre – Rückkehr. Sie verstehen, ich entscheide das natürlich nicht allein. Ihr Bericht, jetzt gegeben – und das wissen Sie –, könnte doch noch allerlei veranlassen, zum Beispiel eine Klage auf Herausgabe des spaltbaren Materials, eine einstweilige Verfügung zur Einstellung aller Aktivitäten... Wir schaffen vollendete Tatsachen. Das Ergebnis wird unser Vorgehen rechtfertigen, die Medien werden das hervorheben. Wir arbeiten daraufhin, der Welt glaubhaft zu machen, daß dieser Zweck die Mittel heiligt. Im Augenblick spricht alles dafür, daß wir Erfolg haben. Es ist vieles darauf eingestimmt.“

„Perfekt also."

„Ich hoffe es, abhängig natürlich von der Anlage. Nehmen Sie es nicht tragisch." Er hob sein Glas. „Die Maßnahme richtet sich nicht im geringsten gegen Ihre Person. Das muß ich wohl nicht hervorheben. Sie wissen, daß Sie mir – außerordentlich sympathisch sind."

„Danke!" Susan lächelte. „Und wenn Ihr heißer Test mißlingt, die Reaktion außer Kontrolle gerät, ade, du schöne Welt, ja?"

„Ich sagte schon: Nach unserer Information ist niemand bei einem unterirdischen Atombombenversuch zu Schaden gekommen. Wir sind um das Dreifache sicherer. In Ihrem Appartement würden kaum die Gläser wackeln... Verzeihen Sie!"

Susan hatte während ihres Gesprächs mit Abdul Chamed gespürt, daß jedes Verhandeln oder Handeln zwecklos sein würde, was die Änderung ihres Status' betraf. Und wahrscheinlich konnte er in diesen Zusammenhängen tatsächlich nicht allein entscheiden. Aber abfinden wollte sie sich mit der gegebenen Situation nicht. Dieses unbestimmte Warten, bis denen ein Versuch gelang, ging auf die Nerven, und es erschien ihr unverantwortlich, ihrem Auftrag gegenüber.

Auftrag! Mehrfach gedachte Susan jenes unbestimmten Vorbehalts, der sie öfter im Zusammenhang mit dieser Aufgabe heimgesucht hatte. Vielleicht rührte es daher, daß der Gegner sie enttarnt, mit ihr von Anfang an Katz und Maus gespielt hatte. Heimzahlen müßte man es ihnen... Allein das ist ein Grund, sich nicht mit den Gegebenheiten abzufinden! Und jetzt, da vieles offen lag, ein Geständnis eines der Haupttäter existierte, war alles noch komplizierter geworden. Der Fall war eigentlich gelöst, nun wurde dringend ihr Bericht gebraucht. Noch ließ sich das auslösen, was Abdul, indem er die Schnüfflerin ausschaltete, verhindern wollte. Freilich, man würde schon Beweise erbringen müssen. Aber die „Konservenfabrik" war wohl Indiz genug.

Doch in Susan war die bohrende Frage aufgekeimt, welchen Sinn wohl all die Maßnahmen, die sie auslösen würde, haben könnten. Gewiß, es gab Normen, Recht. Wo kämen wir hin, beugte sie jeder nach seinem Gusto. Zu einem bestimmten Zeitpunkt aber werden Normen zu Hemmschuhen, man muß sie ändern, neuen Erfordernissen anpassen. Aber doch nicht so!

Susan rief sich zur Ordnung. Ich werde noch einem Gesetzesverletzer das Wort reden! Wieso, er hat nach seinen Regeln gehandelt – wie viele seinesgleichen. So ist er erzogen, es hat sich bewährt. Und was passiert ihm, dem charmanten Abdul, wenn Maßnahmen wirksam werden? Ihm persönlich wohl nicht das geringste!

Man würde Einbußen haben, sie unter „Geschäftsrisiko" verbuchen. Irgendwann würde man das Kraftwerk betreiben dürfen.

Aber der elegante Start einer neuen Technologie mit sofortigem internationalen Einstieg wäre gründlich verpatzt. Das Aufhorchen der Menschen, was bei Rüstungsverzicht Großartiges möglich wäre, würde durch Rechtskommentare und Konkurrenzgerangel mißtönend gestört werden. Und ich, Susan Lahr, gäbe dazu den Anlaß!

Geschwätz! Ich sitze hier in einem komfortablen Appartement, gedemütigt und eingesperrt von einem charmanten Kriminellen, und bin weit davon entfernt, einen folgenschweren Bericht abzugeben...

Also habe ich nicht das geringste zu entscheiden. Ein Schritt nach dem anderen. Erst Handlungsfreiheit, dann Gewissensfreiheit!

Und Susan Lahr begann, das Schutzgitter von der Öffnung der Klimaanlage abzuschrauben...

Um die Konservenfabrik am Rande der Oase Nechmal legte sich ein immer engmaschiger werdendes Netz. Die Stricke zogen sich über diplomatische Vertretungen, Geheimdienste aller Schattierungen, Kapitalgruppierungen und Interessenvereinigungen. Nur die Medien hatten erstaunlicherweise noch keinen Wind bekommen.

Aber auch personifizierte Maschen wurden geknüpft. Im Emirat El Serd befanden sich einige Geschäftsleute mehr, als es der Durchschnitt ausmachte, und Touristen mit getarnten

Sprechgeräten und geschärften Sinnen durchstreiften die Oase.

Susan hatte das Loch im Zaun wiederentdeckt. Sie zwängte sich hindurch, nahm nun keine Rücksicht mehr darauf, ob man sie sah oder nicht; denn wenn Sicherungsanlagen vorhanden waren, hatten sie jetzt angesprochen. Sie rannte also über den Kahlstreifen zum Gebüsch, lief ein Stück gedeckt in Richtung Straße und warf sich dann in ein Gestrüpp, das arg kratzte. Susan verschnaufte und – verharrte.

Es war anstrengend, aber nicht zu schwierig gewesen, über die Klimaanlage ins Freie zu dringen. Im Kanal fand sie für ihre Figur genügend Raum, so daß sie nicht ein einziges Mal Platzangst befiel, obwohl sie sich in dieser Hinsicht nicht besonders stabil wähnte. Komplikationen traten lediglich dort auf, wo die Gußrippen des Kühlaggregats die Röhre schnitten. Aber glücklicherweise hatte man bei der Installation der Anlage nicht sehr sorgfältig gearbeitet. Die einzelnen Teile des Kastenprofils waren mit einfachen Blechschrauben verbunden, so daß Susan, auf die Gefahr hin, sich durch Geräusche zu verraten, mit mäßiger rhythmischer Gewalt die Nähte sprengen und so in den offenen Maschinenraum gelangen konnte. Die Stelle im Zaun zu finden, war nach Einbruch der Dunkelheit dann lediglich eine Frage der Orientierung.

Susan vernahm hinter sich ein Geräusch. Sie hielt den Atem an, aber Angst verspürte sie nicht. Sie war innerlich die ganze Zeit darauf gefaßt gewesen, erneut aufgegriffen zu werden. Gewiß war sie sich mehr denn je, daß persönliche Gefahr nicht bestand. Aber es wäre ihr natürlich lieber gewesen, hätte sie Erfolg und diesem Abdul doch noch ein Schnippchen geschlagen.

Dann hörte sie ganz in der Nähe jemanden ein Wanderlied pfeifen. Ein sehr verspäteter Tourist?

Die Melodie brach jäh ab, Zweige raschelten, ein dumpfer Laut wie von einem Fall folgte, und dann fluchte jemand: „Dieser verdammte Ischias, ah!"

Wie elektrisiert schnellte Susan hoch, besann sich, ging dann langsam auf die Stelle zu, von der die Stimme gekommen war. Sie stieß auf einen Spaziergängerweg, den sie in der fortgeschrittenen Dunkelheit gerade noch ausmachen konnte. Und da saß ein Mann, der sich die Beckengegend rieb.

„Wenn man Ischias hat, sollte man im Dustern nicht wandern", sagte sie.

Bei Susans Erscheinen war der Mann hastig aufgestanden, verharrte einen Augenblick, bis sie den Satz zu Ende gesprochen hatte. „Schnell", rief er verhalten, „zur Straße!"

Susan rannte hinter ihm drein. Schon nach reichlich hundert Metern erreichten sie ein unverschlossenes Auto. Der Mann bedeutete einzusteigen, dann startete er. Bevor er jedoch losfuhr, blickte er fragend auf Susan.

„Zum Hotel!" ordnete sie noch atemlos nach wenigem Überlegen kurzentschlossen an. Ihr neuerworbener Begleiter zog zwar erstaunt die Brauen hoch, zuckte dann aber mit den Schultern und setzte das Fahrzeug in Bewegung.

Susan buchte auf Abdul Chameds Namen zwei nebeneinander liegende Zimmer mit Verbindungstür, kümmerte sich nicht um das Aufsehen, das sie ob des desolaten Zustandes ihrer Kleider erregte – an Gesicht und Händen war sie außerdem voller öligen Schmutzes noch aus der Klimaanlage –, bestellte noch Rock, Bluse und Unterwäsche ihrer Konfektionsgröße sowie zwei kalte Platten, bedeutete ihrem ebenfalls verdutzten Begleiter, ihr zu folgen, und sie begaben sich in die Zimmer.

Schon im Auto hatte Susan erfahren, daß unter den Frauen und Männern, die ihretwegen auf langweiligem und im Grunde genommen aussichtslosem Posten standen, keine Direktverbindung und auch keine zur Zentrale bestand. Zu einem bestimmten Zeitpunkt gab es einen codierten Rundspruch, täglich einmal. Susan bedeutete ihrem Kollegen, daß sie nunmehr alle Meldungen selber übernähme. Sie war höher chargiert als er. „Sie ernenne ich zu meinem Leibwächter. Es ist nicht ausgeschlossen, daß unsere Freunde versuchen, mich wieder einzufangen."

Susan duschte und umwickelte sich, da die Kleider noch nicht eingetroffen waren, mit einem Badetuch. Dann ließ sie sich von der Rezeption mit dem Büro verbinden, das Abdul

Chameds Gesellschaft repräsentierte. Den Hinweis auf die nachtschlafende Zeit ignorierte sie.

Nach längerer Wartezeit meldete sich ein Mann, der sie mit einem Diensthabenden verband. Ob jener mit dem in der Fabrik identisch war, blieb dahingestellt. Susan gab sich zufrieden. „Was ich Ihnen sage, ist sehr dringend. Ich erwarte Herrn Abdul Chamed morgen pünktlich um zehn Uhr im Hotel, Zimmer hundertsiebzehn. – Leutnant Susan Lahr", wiederholte sie deutlich ihren Namen und legte auf.

Schon während ihrer Flucht war Susan eine Idee eingekommen, die ihr die unabdingbar und schnell zu treffende Entscheidung eventuell erleichtern konnte, es würde allein auf die Haltung des Widersachers ankommen...

Am Morgen fand sie den Gedanken noch brauchbar. Sie rief das Konsulat an, bat den Diensthabenden auszurichten, daß sie noch ein paar Tage benötige, um ihren Ischias auszukurieren, ansonsten aber gesund und munter sei, jedoch keine Krankenbesuche wünsche. Sie ließ das kurze Gespräch durch ein paar Worte ihres Wächters, die wiederum den Code enthielten, bestätigen.

Abdul kam pünktlich und – stark verunsichert. Susan kostete das aus. Er sagte noch an der offenen Tür: „Ich beglückwünsche Sie, habe Sie wohl unterschätzt..." Am Treppenansatz sah Susan Abduls bärtigen Wächter stehen.

Sie forderte den Besucher auf einzutreten, bot ihm jedoch zunächst keinen Platz an.

Susans Wächter, so hatten sie sich abgesprochen, zog sich auffällig ins Nebenzimmer zurück.

„Ich fertige jetzt meinen Bericht", erklärte Susan spitz.

„Schade!" In seiner Stimme schwang echtes Bedauern mit. „Ich werde es wohl...", er wies mit dem Kopf zur Verbindungstür hin, „...nicht mehr verhindern können."

„Stimmt", bestätigte Susan. Sie trat mit auf dem Rücken verschränkten Armen ans Fenster und blickte hinaus.

„Aber warum haben Sie mich dann sprechen wollen?"

„Wann frühestens liegen die Ergebnisse Ihres heißen Testes vor?"

Er zog erstaunt die Stirn in Falten, überlegte. „Wir haben ihn heute – Ihr Verdienst, Susan Lahr – begonnen. Fünf Tage früher als ursprünglich vorgesehen." Er machte eine Pause. „In etwa zehn Tagen."

„Genauer bitte!" Susan hatte sich ihm wieder zugewandt.

Abdul war voller Aufmerksamkeit. „Heute ist der Zehnte. Die Medien sollen am Zwanzigsten informiert werden, wenn alles funktioniert, und es wird..."

„Das ist Ihr Problem!" Susan sah Abdul in die Augen, und sie sagte mit Nachdruck: „Wenn Sie damit etwas anfangen können: Mein Bericht geht am Siebzehnten an die Zentrale..."

Die Mücke Julia

Julia saß auf der Unterseite des Eichenblattes. Der leichte Wind ließ das Laub erzittern, was sich ihrem zarten Körper auf eine höchst angenehme Weise mitteilte. Julia saß entspannt. Sie hatte die Füße auf der wächsernen Blatthaut angesaugt, aber alle Knie hielt sie bewußt locker. Fauchte eine Bö heran, die das Blatt anhob und kräftig auf und nieder wippen ließ, federten so ihre Beine wie selbsttätig mit. Am schönsten jedoch war es, wenn sich Wippen und Zittern überlagerten. Stundenlang konnte Julia so zubringen, zum völligen Unverständnis der Gefährten.

Schon lange hatte der säuselnde Luftzug die Morgenfeuchte hinweggetrocknet. Längst nicht mehr klamm, hätte Julia wie die anderen zum Frühstück aufbrechen können, zumal die Sonne schon beträchtlich an Höhe gewonnen hatte, das angenehmste Flugklima also bald vorüber sein würde. Sei's drum! Der Regen der letzten Tage hatte den Nektar und die übrigen Pflanzensäfte ohnehin so verwässert, daß sie beinahe nach nichts schmeckten. Und schier kübelweise mußte man das Zeug einsaugen, um einigermaßen satt zu werden. Und was war? Man wurde schwer und müde, doch nach wenigen Stunden quälte einen der Hunger erneut. Nein, das war nichts für Julia! Lieber am Tag nur einmal, dafür aber eine kräftige, vor allem jedoch wohlschmeckende – was heißt wohlschmekkende – eine exquisite Delikat-Mahlzeit! Für solches aber war die Zeit der Dämmerung die beste. Nein, da wollten die meisten ja tanzen, sich irr umsummen bis zur Ekstase, bis die Nachtkühle die Flügel starr und müde machte, so daß man dann kaum mehr einen ordentlichen Schlafplatz fand, sondern froh war, irgendwo unterzukriechen und ruhen zu können. Kein Wunder, daß der erste Regenschauer, ein starker Windstoß so manches Mückenleben unverhofft und oft qualvoll beendeten.

Mitunter hatte sich Julia schon gefragt, ob sie womöglich anders, ein wenig anormal geartet sei, daß ihr das, was den anderen Jugendlichen Freude bereitete, gar so wenig gab. Freilich, in ihrer Methode der Nahrungssuche blieb sie schon nicht allein. Vor allem die älteren Muttermücken kamen für ihre Brut mit dem Saftgeschlabbere nicht aus, und sie suchten Kräftigeres. Dann gab es noch die paar Abenteurer, die tollkühnen Halbstarken, die den Gefahrenkitzel probierten, sich danach brüsteten, wie vielen Totalschlägen sie entronnen seien. Und kamen sie abgehetzt zurück, stürzten sie sich vor Hunger auf blanke Stengelsäfte. Und so manche von den Prahlhälsen kehrten überhaupt nicht wieder nach einem solchen Ausflug. Deshalb wäre es Julia nie eingefallen, ihre Nahrungsflüge in Gruppe zu unternehmen.

Allerhöchstens konnte man sich mit einer erfahrenen Muttermücke zusammentun und sich auf den Ablenktrick einlassen, aber eben nur dann, wenn sich auf einfachere Art nichts beschaffen ließ; denn ein Risiko blieb es immer, vor allem für den, der die Aufgabe übernahm, nahe am Ohr des Nahrungsspenders zu summen, bis der Gefährte an anderer Stelle den roten Met erbohrt und genügend davon ersaugt hatte. Das Gesumme aber machte die Opfer allergisch. Auf den, der an zweiter Stelle abzulenken hatte, wurden dann meist gezielte Angriffe geführt.

Nein, der Alleingang blieb da noch immer das Risikoärmste – allerdings so sicher wie möglich. Man mußte zunächst wissen, wo und wann sich günstige Gelegenheiten auftaten. Wieder einmal dachte Julia dankbar an das, was Muhme Lolitta ihr vermittelt hatte. Schon vielen Gefahren war sie nach den Ratschlägen der Alten entronnen, obwohl zu ihrer Zeit die Nahrungssuche noch bedeutend einfacher war. Es sollten am Wasser die unbedeckten Opfer, Menschen genannt, in Scharen herumgelegen, des nachts in labilen, leicht zugängigen Gehäusen tief geschlafen haben. Wenn Lolitta davon schwärmte, lief einem das Wasser im Rüssel zusammen. Was war dagegen jetzt! Gleichsam von heute auf morgen waren sie ausgeblieben, diese Nackten. Statt dessen wurden mit Lärm und penetrantem Gestank widerliche, die Tracheen verstopfende Stäube herbeigeschafft, verschüttet, aufgewirbelt, wurden stikkige Dämpfe entwickelt, so daß jede vernünftige Mücke, von weitem gewarnt, kehrt machte.

Aber Muhme Lolitta war alt. Sie hatte nicht mehr wahrgenommen, daß auch dieses schreckliche Geschehen sehr nachgelassen hatte, und sie wußte auch nichts von jener Menschengruppe, die sich gar nicht so weit entfernt vom Brutplatz aufhielt und die Julia ganz allein entdeckt hatte. Bei diesem Gedanken verspürte Julia einen unbändigen Appetit. Sie malte sich aus, wie sie erneut – gefahrlos, wie sie meinte – vorgehen würde: Lange vor der Dämmerung hieß es aufbrechen, so würde sie auch wieder um die Ausrede herumkommen, warum sie abermals nicht mit zum Tanze wolle; denn bevor die anderen sich besannen, war sie längst über alle Berge. Julia wußte, daß jene Menschen mit weitgehend unbedecktem Oberkörper bis zum Einbruch der Dämmerung sich in steter Bewegung befanden. Der Duft betört einen von weitem! Und gerade die Bewegung, auf die Julia baute, war es, was andere Mücken von vornherein abschreckte, aber just sie ist es, die die gesamte Aktion verhältnismäßig gefahrenarm machte.

Julia hatte natürlich sehr bald festgestellt, daß diese Riesenindividuen soviel Lärm und Getöns um sich haben und selbst erzeugen, daß sie das leise Flügelgesumm der Mücken gar nicht wahrnehmen können. Dann hantieren sie ständig mit zwei gewaltigen Obenextremitäten, so daß sie nur selten und dann zu einem ungezielten Totalschlag kommen. Freilich, an die durch das Bewegen ausgelöste stetige Schwankerei muß man sich erst gewöhnen, das ist nicht wie der Wind, der mit den Blättern spielt, oder der Regen, der das Laub beben macht… Nein, du mußt auf solchem Riesen die Füße ordentlich verankern und darfst dich – im wahrsten Sinne des Wortes – durch nichts erschüttern lassen. Neunundneunzig von hundert Schlägen, Stauchern, Drehern, Fauchern gelten nicht dir. Wenn du dir dann außerdem zum Dinieren eine Stelle aussuchst, von der du weißt, daß sie mit ihren Extremitäten dorthin überhaupt nicht oder nur schlecht gelangen, kann dir so gut wie nichts passieren. Na, Nerven brauchst du halt. In den meisten Fällen kümmern sie sich um den leichten Stich, den du ihnen verpaßt, gar nicht.

Obwohl Julia ein mächtiger Hunger quälte, harrte sie auf ihrem Platz aus. Denn auch das hatte sie erfahren: Aufmerksamkeit und die Fähigkeit, sich zu konzentrieren, ließen bei diesen nahrungsspendenden Wesen nach, je tiefer die Sonne sank. Und das betraf natürlich nicht zuletzt auch die Zielsicherheit bei den Totalschlägen.

Noch eine Weile gab sich Julia ganz dem sanften Wiegen hin, fiel noch einmal in die Ruhestarre, und sie spürte so den Hunger weniger.

Ein heftigerer Windstoß hob Julias Eichenblatt kräftig an, brachte sie in die Wirklichkeit zurück. Sie gewahrte die Reflexbahn der tiefstehenden Sonne auf dem Weiher, ein Zeichen, daß es Zeit wurde, aufzubrechen. Julia streckte die Beine, löste den Unterdruck in den Füßen und strich sich intensiv die Flügel glatt. Sie ließ sich in die Luft hinausfallen; kurz vor dem Aufprall spreizte sie die Flügel, schwirrte Augenblicke im Stand, nahm die Orientierung auf, und sie befand sich wenige Minuten später auf der Trasse. Obschon die Strecke oft geflogen, bewegte sich Julia sehr aufmerksam vorwärts. Sie hielt sich in den Kronenausläufern der Bäume und Büsche, um sich den scharfen Blicken der Schwalben und anderer Vögel zu entziehen. Allerdings nahm sie dafür in Kauf, daß eines der großen Kreuzspinnennetze plötzlich den Weg versperrte. In wenigen Stunden konnte so ein tückischer Wegelagerer sein beinahe unsichtbares feinmaschiges Fanginstrument fertiggestellt haben. Eine Sekunde unaufmerksam: Das unbarmherzige Aus! Da war es freilich schon ungefährlicher, in unmittelbarer Nähe des Brutplatzes Pflanzensäfte zu saugen und herumzutanzen…

Im Weiterfliegen, nach zwei Dritteln der Wegstrecke, beschlich Julia das unbestimmte Gefühl, es sei an diesem Tag anders als an den vorhergehenden. Etwas lag in der Luft, das zur Vorsicht gemahnte. Sie verringerte das Flugtempo, drehte sich ein paar Mal um die eigene Achse, aber sie konnte nichts entdecken, was Gefahr bedeutet oder sich anders als bei den Ausflügen vorher dargetan hätte. Dennoch flog sie langsamer und aufmerksam vorausspähend weiter. Dann auf einmal wußte sie es, und sie mußte über ihren Gedankengang schmunzeln: Es lag etwas in der Luft! Eben nicht! Es lag an diesem Tag eben nichts in der Luft! Schon längst hätte sie der berauschende Duft jener Riesenleiber umgeben müssen, jenes Odeur, das den Speichel im Rüssel zusammenzieht und den Flügelschlag wie automatisch beschleunigt. Aber rasch wurde Julias Heiterkeit von Enttäuschung verdrängt. Auf einmal verspürte sie den unbändigen Hunger wieder, sie ließ die Flügel schneller rotieren und lockerte den eingeklinkten Stachel. Sie wollte nicht wahrhaben, daß sie womöglich den nicht ungefährlichen Weg umsonst geflogen sein sollte. Wahrscheinlich stand nur der Wind ungünstig oder... Ihre Sensoren aber sagten ihr unmißverständlich, daß – wie fast immer – der leichte Luftzug ihr entgegenwehte, daß also vorn, auf der freien Fläche, die sie jeden Augenblick erreichen würde, sich etwas grundlegend geändert haben mußte.

Julia stieg rasch höher – ungeachtet einiger Schwalben, die pfeilschnell durch die Luft schossen oder majestätisch und scharfäugig segelten –, überstürmte einen Busch und sah – auch von dem so gewonnenen hohen Standort aus – nichts! Oder das nicht, was sie sehen wollte. Wo, zum Teufel, befanden sich die auf- und ab-, hin- und herwippenden, fuchtelnden, tapsigen, duftenden Riesenkörper?

Sie blieb stehen, ließ ihre Riechfühler mit Bedacht die Runde abtasten – ohne Ergebnis. Oder? Kam nicht von fern ein Hauch, ein würziger Hauch?

Vor Julia lag eine erdig-braune, kahle, aber wohlgeebnete Fläche, die gleichsam dem Buschstreifen entsprang und sich leicht ansteigend bis zu jenem rötlichen, häßlichen Baukoloß hinzog, dem ein strenger, kratzender Geruch entströmte. Ja – Julia erkannte natürlich all das wieder –, eben auf jener Fläche hatten sich die Nahrungsspender beinahe nackt noch am Vortage so intensiv zu schaffen gemacht.

Unschlüssig und vorsichtig flog Julia ein Stück auf die massive Wand zu. Ihr war, als verstärke sich der schwache Duft um eine Nuance. Da sich aber die Spur sofort wieder verlor, entschloß sie sich, hungrig wie sie war, und wütend, parallel zu dieser Wand zu fliegen, zu sehen, was sich hinter ihr verbarg. Vielleicht hatten die Riesen ihren Standort verlagert und befanden sich auf der anderen Seite. Überfliegen wollte Julia die Wand der Schwalben wegen nicht.

Sie benötigte eine geraume Zeit, um den ausgedehnten viereckigen Klotz zu umrunden.

Enttäuscht kehrte Julia an den Ausgangspunkt zurück. Nicht nur, daß sie nichts gefunden hatte, auch die geringe Duftspur war ihr verloren gegangen.

Julia landete auf einem Blatt, noch keineswegs geneigt, aufzugeben. Immer kräftiger meldete sich der Hunger. Schräg unter ihr erstrahlte im Licht der untergehenden Sonne ein Safttröpfchen, groß genug, um den ersten Appetit zu stillen. Julia ignorierte das. Sie sagte sich, sie werden noch auftauchen, diese Menschen. An einen von ihnen werde sie herankommen. Julia wollte den Flug auf gar keinen Fall umsonst gemacht haben.

Das eherne Mückengesetz schreibt vor, ein Weibchen habe sich nicht zu weit von ihrem Brutplatz zu entfernen, beziehungsweise habe schleunigst zu ihm zurückzukehren. Bald nagten Zweifel in Julia, zumal es zunehmend dämmrig, dann dunkel wurde. Nachts stieg die Gefahr, in ein Spinnennetz zu geraten, beträchtlich. Sie überlegte, ob sie – es wäre das erste Mal – einfach an Ort und Stelle übernachten und in den Morgenstunden ihr Glück noch einmal versuchen sollte. Allerdings, Unternehmungen zu solch frühen Tageszeiten waren stets risikoreicher, klamme und damit langsame Flügel hemmten die Reaktionsfähigkeit...

Plötzlich erstrahlte drüben an der Wand eine große Fläche in gleißendem Licht. Und sofort verspürte Julia mit allen Sensoren den Urdrang der Mücken, dorthin zu stürmen, sich in die Helligkeit zu stürzen.

Sie lief stelzbeinig auf dem Blatt hin und her. Unwillkürlich schwirrten, unbeeinflußt von ihr, ab und an die Unterflügel, sie beherrschte kaum ihr Fühlerspiel. Sie drehte sich mit dem gesamten Körper vom Licht ab, jedoch aus den Randfacetten der Augen bekam sie es nicht hinaus. Schließlich sprang sie auf die Rückseite des Blattes. Es empfing sie zwar angenehme Dunkelheit, allein der Gedanke aber an das große Licht machte, daß sie aufgeregt und beunruhigt blieb.

Dann zwang sich Julia zu Fassung. Sie überlegte, daß es wohl nicht schaden könne, noch einmal zu starten, um, so redete sie sich ein, zu rekognoszieren. Man sagte den Menschen allerlei Fähigkeiten nach, warum nicht auch die, solch helle Flächen zu erzeugen. Wo also das Licht ist, könnten sie womöglich nicht weit sein, und Menschen bedeuteten Delikates!

Kaum hatte Julia das schützende Blatt verlassen, fühlte sie sich erneut magisch vom Licht angezogen. Und wie sie auch steuern mochte, sie trieb mehr und mehr dem Hellen zu. Eine ungeheure Angst befiel sie, und Augenblicke gab diese ihr Kraft ein, vom verhängnisvollen Kurs abzuweichen. Überdeutlich vermeinte sie zu hören, wie Muhme Lolitta mahnte: „Vor allem meide das Licht, und wenn es noch so lockt. Es verbrennt dir Flügel, Fühler und Leib, es ist der schrecklichste Mückentod!" Und Julia fühlte, wie sie diesem Tod trotz aller Anstrengung, ihm zu entgehen, entgegentrudelte, macht- und schon beinahe willenlos. Aus, vorbei!

Tanzen! Wie schön wäre es, jetzt mit den anderen über dem See zu tanzen...

Dann machte Julia eine schmerzliche und höchst seltsame Erfahrung.

Lange bevor sie in das ganz Grelle geriet, dorthin, wo sie Qualen und das Ende erwarteten, prallte sie äußerst heftig gegen ein Hindernis, das sie völlig aus dem Gleichgewicht und um jede Besinnung brachte.

Sie rutschte eine unsichtbare Wand hinab, unverändert strahlte vor ihr die künstliche Sonne. Dann spürte sie Festes unter den Füßen, verharrte eine lange Zeit. Später begann sie, zögernd erst, mit den Hinterbeinen glättend über die geknitterten Flügel zu streichen.

Aber trotz des heftigen Schlages war der Zauber nicht von ihr genommen. Kaum daß sie wieder Atem und Kraft geschöpft hatte, versuchte sie – entgegen jeder Vernunft –, erneut zu dieser Lichtquelle zu gelangen. Mit aller Energie strebte sie vorwärts. Sie begriff nicht, daß sie das Gleißen nur sah, ja förmlich seine todbringende Wärme verspürte, aber durch etwas Unbegreifliches gehindert wurde, zu ihm vorzudringen. Erst die völlige Ermüdung, ja nahezu Erschöpfung, brachten Julia ein wenig zur Besinnung. Sie ließ sich zum wiederholten Male die unsichtbare Wand kraftlos hinabgleiten, und es gelang ihr, sich unten abzustoßen, ein Stück in die Dunkelheit hineinzufliegen.

Aber sie war bereits derart geschwächt, daß die Flügel nicht mehr trugen und sie einfach in die Tiefe sackte.

Da war es mit einem Schlag um Julia herum finster.

Sie war auf einem Löwenzahnbüschel gelandet, der strenge Geruch verriet es ihr. Sie brachte noch die Kraft auf, an die Unterseite eines Blattes zu kriechen, und fiel beinahe sofort in die Erholungsstarre.

Grimmiger Hunger weckte Julia. Sie fühlte sich wie zerschlagen und steif. Mißmutig kroch sie auf die Blattoberseite, verhielt aber am Rand, weil die Fläche mit Tautropfen übersät war. Sie saugte an einem, fühlte sich danach ein wenig erfrischt, aber zum Fliegen noch zu klamm. Außerdem war sie sich völlig unschlüssig: Sollte sie warten? Worauf? Heimfliegen? Der Schein des beginnenden Tages und die Geräuschwellen sagten ihr, es war noch sehr früh am Morgen. Es bestand also wohl die Chance, daß die Menschen noch auftauchten.

Aber das taten sie nicht.

Der Zeitpunkt, zu dem sich Julia endgültig entscheiden mußte, rückte immer näher. Hunger meldete sich erneut, und, obwohl an diesem Tag die Sonne die Wolken offenbar nicht durchbrechen wollte, es war warm geworden, bald würde die Flugzeit vorüber sein.

Die Wand in ihrer unmittelbaren Nähe übertrug grobes Rumoren, und urplötzlich war sie wieder da, die Duftspur! Und dieses Mal gar nicht so schwach – jedenfalls kräftig genug, um ihr gut folgen zu können. Und das tat Julia augenblicklich. Obwohl die Flügel noch nicht so wollten: Sie verspürte auf einmal neue Kraft und Tatendrang.

Die Spur führte Jualia in mäßiger Höhe an der Wand entlang. Aber je stärker es duftete, desto mehr mischte sich etwas Ekliges, Abstoßendes, ja, so empfand Julia, gar Giftiges darunter. Mit Mühe erreichte sie ein großes, erhabenes Viereck, das dunkel von der Wand abstand, mit lauter Löchern solcher Größe versehen, die das Hindurchfliegen gerade noch gestattet hätte. Doch gerade da heraus strömte der Gestank. Vom appetitanregenden Duft war kaum mehr etwas zu verspüren.

Julia flog schnell in der eingeschlagenen Richtung weiter. Das Stinkende verlor sich rasch, und es hob sich das Verlokkende erneut heraus. Aber je weiter sich Julia von dem gelöcherten Viereck entfernte, desto mehr schwand auch der Ruch der ersehnten Delikatesse.

Sie kehrte um, gewann durch einen leichten Windstoß an Höhe. Abermals näherte sie sich dem Lochgitter, beide Gerüche wurden stärker, der ekelhafte nicht in dem Maße, wie sie ihn bereits erfahren hatte. In Julia erwachte neben dem nagenden Appetit Entdeckerdrang. Sie flog noch höher, erreichte das Gitter an dessen Oberkante, und dort fand sie fast nur noch Duft vor. Langsam ließ sich Julia sinken. Schnell nahmen der Gestank zu und der Wohlgeruch scheinbar ab. Ein paarmal noch flog Julia hin und her und auf und ab, bis sie sich ein Bild von dem Phänomen machen konnte. Hinter der Wand mußte sich etwas befinden, das über jenes Gitter ununterbrochen ausdünstete, das aber, weil schwerer als Luft, außen sich verbreitend, schnell zu Boden sank, während der Duft, ebenfalls den Öffnungen entströmend, sich gleichmäßig verteilte.

Lange zögerte Julia nicht. Ihr Hunger war groß, der Geruch nach wie vor lockend. Sie wählte das mittlere Loch der oberen Reihe des Gitters und flog ein. Sie gelangte in ein Rohr gewaltigen Ausmaßes – aber das gewahrte sie nur im ersten Augenblick; denn je tiefer sie vordrang, desto finsterer wurde es. Sie orientierte sich an ihren eigenen Reflexschwingungen von der Rohroberseite her. Nur nicht nach unten in den Giftstrom. Doch das Rohr krümmte sich nach unten!

Plötzlich befand sich Julia inmitten eines Strudels des ekligen Gases. Sie hielt den Atem an und flog mit aller Kraft nach unten, in der Hoffnung, schnell einen Ausgang zu finden. Ängste befielen sie, sie ahnte, daß dieser Odem tödlich sein könnte...

Wieder gelangte sie an eine Krümmung – zur rechten Zeit. Julia mußte Luft schöpfen, und sie fand das Stinkende verdünnt. Aber unmittelbar vor ihr brannte eine kleine blaue Flamme. Julia spürte die Wärme und ein weniges von der magischen Anziehung des Lichts, doch so schwach, daß sie dem gut widerstehen konnte.

Etwas anderes löste ihr einen Freudensumms aus: Ein ausreichend breiter Spalt fand sich da, dahinter ein mildes Licht und – als sie den Durchgang passiert hatte – ein großer Raum und der saubere, ersehnte, herrliche Duft.

Julia orientierte sich, stürzte nicht sogleich dorthin, wo sie die Quelle des Köstlichen vermutete, sondern landete an der Decke des Raums, erholte sich von den gerade überstandenen Strapazen – an den Rückweg wollte sie gar nicht erst denken –, sammelte Kraft für den Angriff und die Mahlzeit.

Erwin Vandeweld beugte sich über das Mikroskop, stellte die Okulare ein und legte die Hände an die Feintriebe. Einen Augenblick verharrte er, kostete gleichsam eine Glückssekunde aus: Endlich arbeiten unter den bestmöglichen Bedingungen! Das neue Institut – noch gestern hatte man draußen gemeinsam geschuftet, um die Baunarben einzuebnen –, ein eigener Arbeitsraum – welcher Luxus! – und ein selbständiger Forschungsauftrag. Jetzt hieß es, schnellstens das Versuchsanfangsstadium zu prüfen, die Spreu vom Weizen zu scheiden und die entscheidenden Experimente vorzubereiten.

Er nahm die Hände von den Rändelschrauben und lehnte sich zurück. Wie würde wohl der Zeiger ausschlagen? Hatte sich der neue Stamm planmäßig vermehrt – in welchem Medium am besten? –, und wie widerstandsfähig würde er sein?

Vandewelds Blick streifte das Lokalbarometer. Sakra! Der Druck im Zimmer war erneut gefallen. Im augenblicklichen Stadium, überlegte Vandeweld, macht das zwar kaum etwas aus, aber wenn es einmal, und das stand eigentlich unmittelbar bevor, und man sollte sich schon jetzt daran gewöhnen, äußerst steril zugehen mußte, war eine derartige Instabilität unmöglich! Schon mehrere Male hatte er über die Fernbedienung den Innendruck des Raums nachregeln müssen. Er sah sich abermals intensiv im Zimmer um. Wieder konnte er keine Unregelmäßigkeit entdecken und sich nicht denken, wo der Defekt, der die Luft übermäßig schnell nach draußen entweichen und damit den Druck fallen ließ, liegen mochte. Die Fenster schieden aus, er hatte sie selber überprüft. Vandeweld zuckte mit den Schultern. Mögen sich darüber die Spezialisten die Köpfe zerbrechen. Er nahm sich vor, in der nächsten Dienstberatung den entsprechenden Antrag zu stellen.

In der Absicht, endlich mit der Zählung der in der Kultur entstandenen Kolonien der ersten Probe zu beginnen, griff der Mann erneut in die Feintriebe. Kühl ist es hier, dachte er. Wahrscheinlich steckt noch zuviel Nässe im Bau. Die Heizung... Mein Gott, die Heizung! Er hieb sich mit der flachen Hand gegen die Stirn. Wie kann man in solchem Raum eine Außenwand-Gasheizung einbauen! Da ist doch der Druckverlust programmiert! Oder – Vandeweld lächelte – wie kann man ein solches Zimmer als Hochsterilzone deklarieren!

Na also! Befriedigt, die Ursache des kleinen Malheurs selber gefunden zu haben, beugte sich Vandeweld erneut über die Okulare, richtete das Objektiv auf die erste Bakterivirio-Kolonie, begann konzentriert, die Quadrate abzuzählen und die Ergebnisse dem Computer einzugeben.

Er hatte erst die zweite Ansammlung der genmanipulierten Zellen auf dem Objektträger, üppiger als die erste, ausgewuchert und deshalb konzentrationserheischender als die erste, da verspürte er den feinen Stich im Nacken. Er achtete kaum darauf, fühlte sich auch außerstande, mitten in einer Zählreihe die Kontinuität aufzugeben. Ein kleiner Nesselreiz, der von selbst vergeht, dachte er.

Der zarte Schmerz verflog nicht.

Vandeweld verdrängte das dringende Bedürfnis, sich zu kratzen. Er zählte – nun schon reichlich nervös – die Reihe entlang bis zum Rande der Kolonie, dann erst schlug er sich unverhältnismäßig heftig in den Nacken. Und da hörte er das feine, widerwärtige Summen, das sich rasch entfernte.

Er fuhr auf, vergaß für Augenblicke sein Tun. Das konnte doch wohl nicht wahr sein, ein Mücke! Hier im Steriltrakt! Er suchte mit unsteten Blicken, sah das schwirrende, dunkle Pünktchen, eilte darauf zu, versuchte mehrmals, es zwischen den ineinander klatschenden Händen zu zermalmen, was ihm durch mangelndes, weil an das Zimmerlicht nicht angepaßtes Sehvermögen und sein Ungeschick nicht gelang.

Noch eine kleine Weile ging er suchend und ärgerlich im Zimmer umher, aber er entdeckte den kleinen Blutsauger nicht.

Vielleicht habe ich sie doch erwischt, dachte er und betrachtete seine Hände, ob die Mücke womöglich zerschmettert daran klebe. Er bemerkte zwar nichts Derartiges, aber schließlich gereicht dem zarten Körper auch ein Streifschlag zum Schaden. Mit dieser Hoffnung beruhigte er sich.

Was für Zustände, dachte Vandeweld, stieg auf den Drehhocker, als sei jener ein kleines Pferd, und konzentrierte sich abermals auf seine Arbeit.

Julia saß – von unten aus dem Zimmer überhaupt nicht zu sehen und mit sich sehr zufrieden – auf der Lampe. Sie strich sich zum wiederholten Male die Fühler mit den Vorderbeinen und lächelte vor sich hin. Sie fühlte sich rundherum wohl, weil sie den ersten Hunger auf das köstlichste gestillt und dem Menschen ein Schnippchen geschlagen hatte.

Dankbar gedachte sie der Worte der Muhme Lolitta: „Wenn die Gefahr besteht, daß sie mit ihren großen Vorderextremitäten nach dir klatschen – eine äußerst lebensgefährliche Angelegenheit –, versuche niemals, schnell und geradlinig mit aller Kraft gar davonzufliegen. Laß' dich einfach trudeln, so widersinnig das klingen mag. Aber erstens bist du dann für den Menschen schwerlich berechenbar, und zweitens, das wichtigere, die zum Klatschen schnell zusammengeführten Hände verdrängen die Luft, und diese bläst dich aus der Gefahrenzone!"

Julia hatte den Rat der Alten beherzigt, und es funktionierte! Nur – die Nerven mußte man eben behalten. Und natürlich gehörte auch ein wenig Glück dazu. Das sollte man wohl nicht stetig herausfordern. Deshalb beschloß Julia, obwohl noch nicht vollständig gesättigt, den Menschen dort unten nicht sofort abermals zu attackieren. Noch waren ihm der erste Aderlaß zu gegenwärtig, noch seine Sinne darauf ausgerichtet.

Sie versetzte sich in Ruhestarre. Als sie dabei den Kopf senkte, sah sie auf einen Teil ihres Hinterleibes, und sie nahm befriedigt dessen dunkle Färbung wahr...

Als Julia erwachte, spürte sie sofort, daß sich ihr Umfeld verändert hatte. Der nur schwache Menschenduft und ein kleiner Hochstart zur Sichtverbesserung bestätigten: Sie befand sich allein im Raum. Nirgends gewahrte sie ein Licht, obwohl der Tag zur Neige ging.

Julia ärgerte sich. Verdammte Vorsicht! Wie wohlig satt, vollgesogen mit dem Besten könnte sie sein. Statt dessen verspürte sie erneut Hunger und sah keinerlei Chance, ihn zu stillen. Warten? Sie würde sich entscheiden müssen, irgendwann zum See zurückzufliegen. Noch nie war sie so lange ausgeblieben. Und auf einmal hatte sie den Wunsch – einen ihr bis dato unbekannten –, unter ihresgleichen zu weilen. Daß sie von dem großen Ausflug aber würde hungrig heimkehren müssen, hätte sie sich nicht träumen lassen.

Wütend flog Julia eine Zimmerrunde.

Aber da war ja doch noch ein Geruch, ein lockender...?

Julia wurde sich nicht klar, flog eine zweite Runde. Die Spur entstieg eindeutig dem Platz, auf dem sich vordem der Mensch befunden hatte. Sehr vorsichtig flog Julia dort ein. Was sie von oben schon unterschieden konnte: eine Reihe von runden Gefäßen dunklen Inhalts, dazu sorgfältig angekippte Deckel mit weißen Schildchen darauf, das Ganze schützend überstülpt mit einem stabilen Netzgehäuse. Auf dieses setzte sich Julia. Lange überlegte sie nicht. Die Maschen des Netzes waren so groß, daß sie mühelos hindurchschlüpfen konnte, und das tat sie. Ein wenig mißtrauisch noch umschwirrte sie die duftenden Schalen, denn ohne Zweifel verbreiteten diese das appetitanregende Aroma. Ohne zu zögern setzte sich Julia auf den Rand des zweiten Gefäßes, saugte sich auf dem sehr glatten Untergrund mit den Hinterfüßen fest und ließ den Körper vorsichtig hinunter tauchen, bis sie mit dem Rüssel die rotbraune Oberfläche des Schaleninhalts erreichte. Ihr Sauger durchstieß diese viel leichter als eine Menschenhaut. Dafür aber ließ sich das Darunterliegende, eine geleeartige Masse, nicht so leicht einschlürfen wie vordem das Blut des Menschen. Aber dennoch – es schmeckte! – nicht so süß wie der rote Saft, eher herb-pikant –, und das sagte ihr der Instinkt, es war sicher sehr nahrhaft. Also genau das Richtige für den Rückflug. Und die Masse wehrte sich nicht, barg keine Gefahr. In aller Ruhe löste Julia in ihrem Speichel Klümpchen für Klümpchen und sog sich genüßlich den Leib voll...

Viel später erhob sich Julia schwerfällig, flog sogleich das Gitter an, sammelte dort noch einmal Kraft und stürzte sich, noch bevor ein Gruseln sie übermannte, an der kleinen blauen Flamme vorbei in den dunstigen, stinkenden Kanal. In einem spürbaren Auftrieb erreichte sie die Außenwelt wesentlich leichter, als sie befürchtet hatte. Im ersten Busch am Rande der Lichtung verschnaufte Julia abermals, und dann machte sie sich zufrieden auf den Heimweg.

Natürlich hatte Julia zu Hause niemand vermißt. Das wäre nicht Mückenart; man ist ausschließlich gegenwartsorientiert. Wer da ist, ist dabei. Aber man bestaunte Julia ob ihres prallen, braunen Leibs, das untrügliche Zeugnis einer ausgiebigen und nahrhaften Mahlzeit.

Unweit ihres Lieblingsplatzes traf Julia Muhme Lolitta. Auch diese betrachtete die Satte wohlgefällig, ermahnte sie jedoch und meinte, Julia würde ihr Draufgängertum eines Tages noch mit dem Leben bezahlen. Aber ein wenig Stolz auf ihr Mündel lag im Blick der Alten.

Dann teilte Lolitta mit, daß sich ein kleiner Schwarm vorbereite, einen neuen Brutplatz zu suchen, der hiesige sei überbelegt, bei den Vögeln allzu bekannt, und – wie vor Zeiten erlebt – es könnte erneut eine so schreckliche Epidemie ausbrechen, gleich jener, die von dem Gas ausging, das damals ein brummiger Riesenvogel ausgeströmt hatte... Zu Tausenden sei man in wenigen Augenblicken zu Tode gekommen. Ein tiefer Atemzug und – aus! Ob an der Suche teilzunehmen nicht nach Julias Geschmack wäre?

Das war es.

Julia bedankte sich bei Muhme Lolitta für all die guten Ratschläge, die sie zeitlebens erhalten hatte. Man würde sich nunmehr niemals wieder sehen. Der Mücken Los...

Der Schwarm hatte sich bereits versammelt, tags darauf würde der Start erfolgen. Julia wußte von solchen Unternehmungen, die oft im Nichts endeten, aber sie vertraute nach wie vor auf ihren guten Stern – und auf Muhme Lolitta.

Sie flogen bis in den späten Vormittag, dann ließen sie sich im Buschwerk am Rande einer großen freien Fläche nieder. Gegen Abend, wenn das Wetter es zuließ, sollte es noch weiter gehen. Auf ein Gewässer, das sich zur Brutaufzucht geeignet hätte, waren sie noch nicht gestoßen.

Die meisten der Artgenossen, kaum daß sie einen halbwegs sicheren Platz eingenommen hatten, verfielen sofort, müde vom langen Flug, in die Ruhestarre. Nicht so Julia. Sie fühlte sich frisch und ausgesprochen tatendurstig. Und obwohl ihr Leib noch eine hellbräunliche Färbung aufwies – Appetit verspürte sie ebenfalls.

Auf der freien Fläche grasten einige riesengroße Tiere, die zwar auch, das wußte und roch Julia natürlich, jenen roten Saft in sich hatten, aber ganz so gut wie der menschliche schmeckte er nicht, und er war obendrein schwierig anzuzapfen, weil zum Durchdringen des Fells, das diese Tiere bedeckte, der Mükkenrüssel eigentlich zu kurz war. Nur wenn man Glück hatte, zwischen die Büschel förmlich in das Haarkleid hineinkroch, konnte es funktionieren. Aber das notwendige Auf-der-Hut-Sein schloß sich damit natürlich aus; und auch diese Lebewesen waren imstande, Totalschläge auszuteilen. Doch, so schloß Julia – abermals eingedenk der Lehren Lolittas –, solche Tiere sind sich niemals selbst überlassen. In ihrer Nähe trifft man meist nackthäutige Menschen an...

Ohne zu zögern strich Julia über die Wiese, machte kurz auf dem Rücken eines dieser Großtiere halt, hätte ihrem Appetit beinahe nicht widerstanden. Aber – dicht neben ihr arbeitete sich eine dicke Bremse ins Fell. Bremsen konnte Julia deshalb nicht leiden, weil sie dort, wo sie auftauchen, stets heftigsten Widerstand hervorriefen. Die Abwehr der Opfer war dann meist so stark, daß einem als Mücke nicht mehr die geringste Chance verblieb. Auch jetzt erfolgte prompt der Totalschlag, der diesen Blutsauger trudeln machte, ihm beinahe das Leben gekostet hätte. Aber schon setzte er, gierig und unvernünftig, wie es seiner Art entsprach, zu einem neuen Angriff an. Julia machte sich schleunigst aus dem Staube, flog ein weiteres Stück in die Wiese hinein und – hatte sich nicht geirrt! Sie nahm eine Geruchsfährte auf, die sie spornstreichs zu einem Menschen führte, der lang ausgestreckt lag, großflächig unbedeckt. Lange überlegte Julia nicht. Sie landete auf der linken Wade, ging in eine günstige Position zwischen den spärlichen Haaren, senkte langsam den Rüssel ein, und alsbald schmeckte sie wieder das Köstliche.

Das Bein bewegte sich, was Julia nicht störte. Aber als von rechts her das zweite ungezielt herüber schlug, startete sie, wiederholte jedoch danach ihren Angriff noch einmal. Erst ein heftiger Schlag gemahnte sie zur Vorsicht.

Aber Julia hatte Blut geschmeckt. Auf einem Grasbüschel sitzend, überlegte sie, sagte sie sich, ein Mensch lebt selten allein, und sie flog auf eine nahe stehende Wand zu, hinter der sich eine Behausung verbergen konnte. Eine riesige Öffnung klaffte weit, aus dem Raum dahinter drangen allerlei, aber keine unangenehmen Dämpfe. Ein Mensch befand sich darin, sich bewegend, gebeugt. Julia zapfte ihn im Nu hinter dem Ohr an. Nur durch ein hilfloses Drehen des großen Menschenkopfes sollte sie nach dem Einstich abgewehrt werden. Die Vorderextremitäten des Spenders steckten in einer zähen Masse, waren offenbar außerstande, einen Schlag zu führen. Das erkennend, ließ es sich Julia natürlich ungestört schmecken, völlig ungeachtet der nutzlosen Verrenkungen von Kopf, Schultern und Hals des Opfers. Übersatt und sehr zufrieden flog Julia von dannen, nahm dort, wo die Artgenossen schliefen, einen geschützten Platz ein, verfiel alsbald selbst wohlig in die Ruhestarre und ließ zum Abend den Schwarm der Artgenossen ziehen.

Am späten Morgen des folgenden Tages, die Sonne stand schon hoch, wurde Julia munter. Sie streckte sich, lauschte in die Lüfte, ein schöner, ein froh machender Tag! Julia hüpfte gleichsam über die Wiese. Die großen Tiere gaben sich unruhig, stießen Laute aus, die die Luft zum Zittern brachten. Schwere Milschsäcke hingen zwischen ihren Hinterbeinen.

Hungrig fühlte Julia sich nicht. Aber wenn das Delikate schon so greifbar lag...

Und in der Tat, der eine Mensch lag noch, wie Julia ihn nach dem Aderlaß an der Wade am Vortage verlassen mußte. Aber beinahe hätte sie ihn überflogen, ohne Notiz von ihm zu nehmen. Es fehlte sein Duft in der Luft.

Julia senkte sich erneut auf die linke Wade des Liegenden, und sie erschauerte: Da war nichts von der prickelnden Wärme, und sie wußte sofort, noch ehe sie ihn ansetzte, der Rüssel würde nichts zu Tage fördern. In diesem Menschen pulsierte der rote Saft nicht mehr...

Nun ja, der Tod schreckte Mücken nicht; täglich sterben Tausende. Man war daher der Gegenwart verschrieben. Also startete Julia hin zum großen Gehäuse.

Die Öffnung klaffte noch wie am Vortage, aber der Mensch stand nicht mehr gebeugt und hantierte im zähen Brei, sondern lag reglos auf dem Boden, und Julia landete erst gar nicht. Es gab keinen Ruch, und sie spürte sogleich an der Atmosphäre, daß auch von diesem Menschen nichts mehr zu holen sein würde...

Sehr nachdenklich flog Julia zurück. Von Solchem hatte Muhme Lolitta nichts berichtet. Und waren nicht die anderen Menschen, die ersten, die sie kennen lernte, Tag für Tag an der nämlichen Stelle und voll göttlichen Inhalts?

Am Abend dann schloß sich Julia einer Gruppe einheimischer Artgenossen an, und sie ließ sich bis zur kühlen Stunde zum Tanze überreden.

Am Morgen wurde sie durch lärmende und stinkende Kolosse erschreckt, die sich dorthin bewegten, wo Julia die beiden reglosen Menschen wußte. Aus lauter Neugier pirschte sie sich heran. Oh, wie viele dieser Zweibeiner dort umherhasteten! Und als Julia zwei erblickte, die ihre Vorderextremitäten fest an einen Gegenstand preßten, den sie zwischen sich forttrugen, konnte sie der Gelegenheit nicht widerstehen. Sie stürzte sich auf den hinten Gehenden, suchte an dem fast gänzlich Bedeckten eine nackte Stelle, fand sie am unteren Ende eines der festverankerten Arme, und sie stach sofort zu. An leichten Zuckungen der Haut spürte sie, daß ihr Angriff bemerkt worden war, allein, der Mensch schien den Arm nicht nach seinem Willen gebrauchen zu können.

Aber Julia wollte ihr Tun nicht auf die Spitze treiben. Sie ließ in dem Augenblick von ihrem Opfer, als dieses urplötzlich in sich zusammensackte und lang hinschlug.

Julia landete auf dem Dach des Gebäudes. Unter ihr begann ein heftiges Bewegungschaos. Die Menschen stürzten hin und her, die bis dato ruhenden Kolosse begannen alsbald zu lärmen und damit entsetzlich zu stinken, und aus einem dieser Ungetüme lugte ein nackter Arm.

Da schlug Julia noch einmal zu, in dem Augenblick, in dem der Koloß zu rollen begann. Danach aber hatte sie zu tun, nicht in einen gefährlichen Sog zu geraten. Was eigentlich geschah, ging über ihren Horizont. Es krachten plötzlich zwei der Fahrdinger gegeneinander, hohes Feuer entstand. Geschrei. Alles wogte durcheinander, dann zischte ein übler Schaum, es stankt penetrant.

Julia suchte das Weite. Sie stieg hoch, verdrängte die Furcht, die sie in den vergangenen Minuten befallen hatte, und ließ sich von einem mäßigen Wind treiben.

Dann erhaschte sie an diesem Tag spätabends noch eine gute Mahlzeit an einem Menschen, der reglos lag und rhythmisch Luft einsog und ausstieß. Julia betrank sich, bis sie dem Bersten nahe war, verblieb im Raum, um den Kontakt zu dieser bequemsten aller Nahrungsquellen zu behalten.

Am Morgen aber war auch dieser Born versiegt...

Epilog

Muhme Julias Fühler strichen zart über die der Jungmücke Ann. Sie sah in der kleinen ein Jugendbild ihrer selbst. Und wie es seinerzeit die Muhme Lolitta bei ihr getan hatte, war sie bereit, ihre Erfahrungen zu vermitteln, die Junge zu warnen, das neue Leben vor den allzu häufig lauernden Gefahren zu bewahren. „...nach diesen Ereignissen brach für uns Mücken in diesen Landen ein tristes Dasein an. Kein Lebewesen gab es mehr, das diesen roten, pulsierenden Saft in sich barg. Zweimal noch, Ann, habe ich die Sprühwolken erlebt, die ein lärmender Riesenvogel ausspuckt. Ich habe sie überstanden, weil ich mich fast gänzlich in Wasser tauchte, so tief, daß ich beinahe erstickt wäre. Die feine Verdunstungsschicht an der Oberfläche hält das Giftige ab. Das solltest du dir merken... Eine magere Zeit war das. Auch ich, die ich kaum wie eine andere das Blut geschmeckt hatte, mußte mich mit Pflanzensäften begnügen – wie wir alle. Du wirst es nicht leicht haben, Ann. Vielleicht ist es besser, du lebst wie die anderen? Ich weiß wohl wie es ist, wenn's einen von innen her in die Ferne treibt..."

„Muhme Julia", verschmitzt vermittelte die Jungmücke Ann, „ich war bei jenem Bau, in dem du einst die Nahrungsschalen vorfandest. Dort sind wieder Menschen! Sie schlagen Löcher in die Wand. Schau her!" Ann drehte ihren Hinterleib, daß Julia ihn sehen konnte. Er glänzte prall und bräunlich. „Und unten am salzigen Wasser liegen sie herum, unverhüllt, die Menschen. Dort, sage ich dir, kann man sich gütlich tun! Bessere Zeiten brechen wieder an für uns Mücken, Muhme Julia!"

Das Abartige

Seit ihn Ernest in den finsteren, winkligen Tunnel zwischen Wand und Scheuerleiste entlassen hatte, war Nils völlig auf sich allein gestellt. Was Wunder, daß er sich äußerst zurückhaltend, vorsichtig, ja – tief im Inneren gab er sich das zu – gleichsam ängstlich vorwärts bewegte. Natürlich hatte er das Zusammenspiel der sechs Beine, deren gesamte Koordination, sattsam ausprobiert, und es hatte ihm das so sehr Ungewohnte weit weniger Schwierigkeiten bereitet, als er ursprünglich angenommen hatte. Am An-der-Decke-Laufen, ja selbst im Herabstürzen, empfand er sogar Spaß. Aber bei all dem hatte es absolute Sicherheit gegeben. Ernest, der Wissenschaftler und Freund, hätte natürlich beim geringsten Anlaß sofort eingegriffen, womöglich die Wandlung rückgängig gemacht, das gesamte Vorhaben aufgegeben, wenn allzu Gefährliches zu erwarten gewesen wäre.

Jetzt aber, im Ernstfall, stellte sich die Situation anders dar. Die Finsternis, vor der sich Nils am meisten gefürchtet hatte, machte ihm eigenartigerweise nicht zu schaffen. Die beiden Fühler reagierten bereits prächtig, noch bevor sie ein Hindernis berührten. Wie ein Sehen ohne Augen... Und die Beine setzten sich danach wie automatisch, drehten den Körper längs und quer, lenkten an Mörtelbrocken vorbei, zwängten durch Engen.

Und immer mehr überließ sich Nils dieser tierischen, seit Millionen Jahren bewährten Motorik, die jetzt die seine war und der Freund Ernest den Gene-Rator, seiner Erfindung, die diese wundersame Wandlung bewerkstelligte, so einzigartig angepaßt hatte.

Vorankommen und Zurechtfinden waren es also nicht, die Nils irgendwie furchtsam stimmten; die Einmaligkeit des Abenteuers, das, was sein würde, sich irgendwann ereignen, was in jedem Augenblick wuchtig über ihn hereinbrechen konnte, setzte ihm zu. Und er spürte es förmlich: Hätte er Hände, sie wären feucht...

Wie werden die scheinbaren Artgenossen reagieren, wenn er auf sie traf? Wird Ernests Vorstellung, endlich auf diese Weise der Plage Herr zu werden, aufgehen?

Nur scheinbare Artgenossen?

Nils erinnerte sich der Fotos, die Ernest nach der aller ersten Versuchswandlung gemacht hatte: Er, Nils Main, war danach zweifelsfrei eine stattliche – wie heißt es – gemeine Hausschabe – von zwei Zentimetern Länge – ein Kakerlak mit dem schönen, lateinischen Namen Phyllodromia germanica (woraus man, wäre man arglistig, schließen könnte, daß der Ursprung der Tierchen in den so reinen deutschen Landen liegt). Aber Scheinbares gab es da nichts. Ich bin eine Schabe!

Vorübergehend!

Nun gut, der Gene-Rator macht, daß ich dennoch Mensch bleibe, über ihn kann ich denken, was ja das Menschsein überhaupt ausmachen soll. (Leider ist dies aber oftmals nicht gleichbedeutend mit Menschlichkeit!) Nur, daß ich das Ding, diesen Gene-Rator, mitschleppen muß, es und diesen Kanister mit den Bakteriophagen, Ernests Wunderwaffe, ist belastend. Aber wenigstens soll solches Gepäck wohl die Gleichartigen nicht stören. Er, der Wissenschaftler, hätte es probiert, hätte im Versuch richtigen Schaben, die mühsam genug zu fangen gewesen wären, derartiges Gerät aufgebunden. Die hätten das bewältigt, und sie wurden von den Artgenossen damit akzeptiert.

Als Nils das dachte, blieb er mit dem Behälter hängen, der in feinen Fäden... hoppla, freilich aus menschlicher Sicht Fäden. Jetzt waren es beinstarke Taue, die Apparat und Kanister von seinem Brustpanzer baumeln ließen.

Der Raum zwischen dem Nagel, mit dem die Scheuerleiste angeheftet war, und dem Boden war zu eng. Nils schob sich ein Stück zurück, reckte sich auf und überkletterte das Hindernis. Dabei verspürte er wieder die Freude, sich richtungsunabhängig bewegen zu können, die Wände hinauf genauso behend wie zu ebener Erde. Und nachdem er den Nagel hinter sich gelassen hatte, empfand er die unwahrscheinliche Geschwindigkeit, mit der er vorzustoßen in der Lage war. Was für ein unbeholfenes Vehikel war dagegen der Mensch, setzte man seine Körpergröße zum Vermögen, sich fortzubewegen, ins Verhältnis.

Nils erreichte mit Leichtigkeit die Stelle, an der die Scheuerleiste auf den Schacht stieß, der die Wasserleitungen birgt, und näherte sich unzweifelhaft jenen Regionen, von denen man wußte, daß sie Schaben, haben diese sich einmal im Hause eingenistet, in großen Massen Herberge boten. Hier herrschte wohlige Wärme, die das nicht isolierte Heißwasserrohr ausstrahlte; hier gab es für die Menschen im Normalfall kaum Zugriff. Über den Schacht konnten Heerscharen von Insekten nach oben und unten vor Giftschwaden fliehen, falls doch jemand Kosten und Mühe nicht scheute und ein Aerosol versprühte oder ein Pülverchen streute. Aber jetzt, wenn Ernest recht behielt – und schließlich bezog er die Wundersubstanz von einem der bedeutendsten Genoperateure –, würde die Ära der Schaben zu Ende gehen, ein für alle Male, und er, Nils, würde einen sehr wesentlichen Anteil daran haben. Einfach mit der hinterhältigen, aktiven Substanz die Fortpflanzungsregionen der Tierchen bestreichen, gleichgültig ob Männlein oder Weiblein, und – es ist geschehen. Dieses Berühren wäre unter Schaben ein unverfängliches Gebaren, sagt Ernest. Nie mehr würde ein Schabennachkomme entstehen, der fortpflanzungsfähig wäre. Höchstens eine Generation noch – und fini! Doch, doch – tückisch der Plan, aber wirksam.

Na, wann schon hätte sich die Menschheit je Gedanken gemacht, ob ein Lebewesen, das ihr im Wege war, tückisch oder nicht tückisch um die Ecke gebracht wird. Hauptsache, es wurde...

Nils spürte den Drang, mit der Hand anerkennend gegen den Kanister zu klopfen, aber er hatte keine...

Diese Phagen werden, ausgestattet, gleichsam bewehrt mit offenen, vereinigungsgierigen DNS-Ketten in die Schaben-Chromosomen dringen, die Teilung der Keimzellen blockieren... Eine unumkehrbare Mutation. Und jede, die eine andere im Begattungsakt berührt, trägt es weiter... Aber einen Auslöser braucht man halt, mich, Nils Main...

Das habt ihr nun davon, ihr Schaben. Warum auch seid ihr schädlich! Schädlich? Im Lexikon steht: Ihr befreßt Speisevorräte und Papier. Teufel, wie könnt ihr! Und Tuberkulose sowie Würmer sollt ihr übertragen! Aber, ich könnte mir denken, doch wohl sehr viel weniger als eine gemeine Türklinke oder ein Haltegriff in der Straßenbahn...

Nils schüttelte, allerdings nur in Gedanken, den starr auf dem Körper sitzenden Insektenkopf. Sie gefallen uns einfach nicht durch ihre Allgegenwart. Es ist im höchsten Grade unschicklich, in seiner Wohnung Schaben zu beherbergen. Wir meinen, sie sind eklig, ihr Aussehen sagt uns nicht zu, und ihr Betragen sei penetrant. Huch, wie sie in ihre Ritzen huschen, wenn man das Licht einschaltet. Aber beißen tun sie nicht, und sie saugen auch kein Blut. Weichen müssen sie, weil sie uns nicht gefallen, basta! Also Nils, was stehst du herum. Hinein in ihre Schlupfwinkel! Ich werde es euch zeigen!

Nils sauste über eine dicke Staubschicht, deren klebrige Fusseln an seiner wie polierten Chitinpanzerung abglitten. Er umkrabbelte die für die Rohre und dafür viel zu groß in den Fußboden geschnittenen Löcher, berührte schaudernd das Kaltwasserrohr, sah sich aufmerksam um. Nichts! Angeblich befinden sich in diesem Hochhaus Hunderttausende von Schaben. Nicht eine einzige läßt sich blicken. Wahrscheinlich spüren sie die insektenfeindliche Atmosphäre um Ernest...

Nils flitzte im Versorgungsschacht abwärts, der Wohnung des Fräulein Lenz zu, die unter der Ernests lag. Dort, wo die Zuflüsse von den Steigrohren zur Mischbatterie des Waschbekkens das Brett, das den Schacht von Badezimmer trennte, durchstießen, stand ein Lichtschimmer. Einen Augenblick dachte Nils an die beachtliche Oberweite des attraktiven Fräulein Lenz und daran, daß jetzt vielleicht die einmalige Gelegenheit wäre, das Ganze unmittelbarer zu betrachten. In seiner Phantasie hatte er sich solches des öfteren ausgemalt... Aber eigenartigerweise verspürte er keinen Drang, das auf einmal Mögliche zu verifizieren. Dabei spielte der Gedanke keine Rolle, daß sein jetziges Sehvermögen wohl die Fülle überhaupt nicht aufzunehmen in der Lage gewesen wäre. Auch der Gefahr, der er sich aussetzen würde, stieße er in das Badezimmer vor und riskierte, mit dem Pantoffel des schönen Fräuleins zerpatscht zu werden, wurde er sich nicht bewußt. Er hatte eben auf einmal kein Interesse an der wohlgewachsenen Sexymaid... Ihn trieb einzig der Wunsch, endlich auf Artgenossen zu stoßen.

Je tiefer Nils stieg, desto wohler fühlte er sich. Warme Feuchtigkeit herrschte im Schacht, deutlicher als oben bei Ernest. Wahrscheinlich badete dieser Mensch bedeutend weniger als die Lenz, und seine Hemden wusch er wohl auch nicht häufig...

Dann plötzlich spürte Nils, daß sich vor ihm etwas Neues befinden müsse, etwas, das ihm während seiner Wanderung noch nicht begegnet war. Es schien, als lagere in der schweren Atmosphäre ein Duft, wie er ihn niemals erlebt hatte. Das stammte nicht vom Intimspray des Fräuleins oder von der Apfelseife. Das war Aufregenderes...

Nils erreichte den Lenzschen Zwischenboden des Schachts. Wieder befanden sich dort Staub und Mörtelbrösel. Einen größeren Brocken erklomm er.

Durch einen winzigen Spalt zwischen der Schachtverschalung und dem Badfußboden drang Licht. Aber auch ohne dessen dürftigen Schein hätte er sie gesehen: Rings um das Warmwasserrohr lagerten sie dicht an dicht. Hier und da schimmerte einer ihrer hellbraunen Chitinpanzer in der spärlichen Beleuchtung. Sie standen augenscheinlich unbeweglich, die Artgenossen, nein, ihre Fühler vibrierten, berührten sich, tasteten zärtlich den Kopf, den Vorderleib des Gegenübers ab. Selten veränderte eines der Geschöpfe auch nur geringfügig seine Lage. Es war wahrscheinlich nicht ihre aktive Zeit. Und doch: Einige hockten im Begattungsakt reglos übereinander. Ha, dachte Nils, macht nur, beeilt euch aber!

Doch den ursprünglichen Drang, sofort mit seiner Aufgabe zu beginnen, verspürte er nicht mehr, jeglicher Grimm gegen Kakerlaken war verraucht. Stattdessen genoß er das friedlich-bescheidene Bild: Wie man wiederkäuende Kühe auf der Weide oder faule Kätzchen im Schlafkorb empfindet.

Nils dachte, abwarten, den günstigsten Zeitpunkt erwischen, und es würde sehr leichtfallen, in einem solchen Pulk von mehreren Hundert Tieren die Phagen nach Vorschrift zu verteilen. Man müßte mitten hinein und sich dann langsam von einem zum anderen schieben. Hunderte und Aberhunderte würde man so in der verfügbaren Zeit infizieren.

Träge formte sich in Nils dieser Plan. Ganz hinten im Unterbewußtsein aber wuchsen ihm Zweifel, erschien ihm das Vorhaben, unklar noch, wie Frevel...

Langsam und bedächtig stieg er von der Mörtelkrume, langsam deshalb, daß er die Balance seines Gepäcks wegen nicht verliere und auch damit es aussähe, als nähere er sich wie zufällig der Ansammlung.

Nils konnte trotz seines bedachtsamen Verhaltens nicht verhindern, daß sich seiner eine zunehmende Erregung bemächtigte. Verstandesgemäß fühlte er sich selbstverständlich als Mensch, ausgestattet mit allen Kräften, die ihn über ein Schabenvolk, und sei es noch so groß, natürlich obsiegen ließen. Aber würden sich die vielen Hundert mit Beißzangen bewehrten Insekten auf ihn als Artgenossen stürzen, oder sie entrissen ihm im Getümmel lediglich den Gene-Rator. Es wäre wohl in jedem Falle das sichere Ende.

Nils stieg also kopfüber und fühlervibrierend Bein für Bein ab, auch darauf bedacht, daß der Behälter nicht schleifte; das Geräusch könnte die Schar womöglich mißtrauisch stimmen.

Plötzlich verhielt Nils. Im allgemeinen wundersamen Duft stieg eine Woge auf – unsagbar angenehm und berauschend. Einen Augenblick stand er wie betäubt und ließ diese Köstlichkeit auf sich wirken. Noch nie hatte er als Mensch ähnlich empfunden. Gleichzeitig aber bemerkte er mit Erstaunen, wie eine seltsame Begierde ihn erfaßte, eine drängende Begehrlichkeit nach dem anderen Geschlecht. Aber nur eine Sekunde sann er über dieses Phänomen nach, dann gab er sich der Unruhe hin, die ihn gepackt hatte und ihn seine Umgebung sehr aufmerksam ausspähen ließ. Wo, vor allem, kam diese Aromawolke her!

Der Brocken, auf dem Nils noch immer hing, schnürte sich nach unten ein – wie die meisten Gebilde dieser Art.

Da war es Nils, als bewege sich links von ihm, unter dem Überhang, ein Schatten. Er richtete seinen Körper daraufhin aus, schob sich unendlich vorsichtig so weit vor, bis er über die Ausbauchung des Brockens hinwegsehen konnte. Sein Körper ragte zur Hälfte ins Leere. Und da erblickte er oder – treffender gesagt – erfühlte oder erroch er sie! Nils wußte sofort, daß es eine Sie, ein Weibchen war, das etwa drei Zentimeter unter ihm stand, ohne daß er mehr als seine Umrisse erkennen konnte.

Der berauschende Duft, der unzweifelhaft von jener Schabendame ausging, wurde noch stärker und erregte all seine Sinne. Nils verspürte, wie sich ihm rücklings die Flügelstummel und die Halbdeckel seiner Rückenpanzerung sträubten. Die Beine hielten den Körper – gleichsam in den Gelenken steifer geworden – höher als normal über dem Boden, so daß er sich vorkam, als stünde er auf Stelzen. Er schob sich noch weiter vor, fühlte sich wie ein Medizinmann, der im Tanz bald hierher, bald dorthin gaukelt.

Mag sein, durch diesen ungewohnten Reigen oder – da er jetzt schon kopfunter hing – durch die schwingende Masse seiner Tragelast –, verlor Nils nun doch den Halt und stürzte dem Weibchen buchstäblich – die Beine zuoberst – vor die Füße. Sofort wirbelte er voller Scham herum, wobei ihm die Umhängsel abermals einen starken Impuls verliehen, der alle drei linken Beine einknicken ließ.

Die Artgenossin war bei Nils' plötzlichem Erscheinen zwei Zentimeter – offenbar erschreckt – zurückgeschossen. Dann stand sie mit bebenden Fühlern, den Vorderkörper abgeduckt, und starrte auf Nils.

Sie mag mich, mein Gott, sie mag mich! So empfand der Mann plötzlich, als hätte ihn ein Signal getroffen. Das Odeur, das von der Insektendame ausging, schien sich noch verstärkt zu haben.

Nils fühlte sich wie einer, der, nahe am Verhungern, in eine Küche tritt, von deren Herd die herrlichsten Düfte steigen, die den Magen Kapriolen drehen und im Mund die Niagarafälle zusammenfließen lassen. Er spürte, daß er nicht mehr lange würde Herr seiner Sinne sein.

Langsam, aber entschlossen schritt er steifbeinig auf die Schöne zu. Er war sich sicher: Es konnte nur eine Schöne sein...

Da drehte sie sich um, ruckte einen halben Zentimeter von ihm fort, blieb stehen. Aufreizend pürzelte sie ihren Hinterleib in die Höhe...

Da schoß Nils vor, umarmte, umkrallte ihren Körper, schob sich halb auf diesen hinauf.

Der verdammte Apparat, der Behälter!

Nils dachte es verzweifelt, nicht, weil er an seinen heimtükkischen Inhalt heran wollte, nein, weil er ihn bei dem, was er begonnen, was er auszuführen fest entschlossen war, behinderte, es ihm gar verwehrte! Nils wurde übernervös. Vielleicht verlor sie am Ende noch die Geduld! Eine Art Angst überfiel ihn, daß die Schöne sich ihm im letzten Augenblick versagen könnte.

Im plötzlichen Entschluß hieb er seine Maulzangen in die Tragegurte. Mit zwei, drei kräftigen Bissen hatte er sie durchtrennt. Das letzte, was er empfand, war grenzenlose Erleichterung...

Dann polterten Gene-Rator und Kanister irgendwohin in den schwarzen Abgrund.

Die Wunscheule

Der Lander setzte sacht auf. Wir hatten ihn unmittelbar an den dicht mit Pflanzen überwucherten Rand einer Ebene gesteuert, und die Maschine stand in einem niedrigen Gewirr von Ranken, Ästen und Blättern. Vor uns aber lag die große grüne Fläche, die sich weit zur Sohle eines flachen Tales zog, das dann wieder, scheinbar unendlich, bis zu den Wolken anstieg, gegen das Firmament in abgerundeten, links im Blickfeld auch in bizarren, felsigen Bergen auslief. Ein Panorama also als malerischer Hintergrund einer vorgelagerten Erhebung, auf der sich jenes Gebilde befand, das mit einigen anderen am Fuße dieses Berges den Ausschlag für die Wahl gerade dieses Landeplatzes gegeben hatte.

Wir standen im Cockpit vor der großen Sichtscheibe und blickten in das Tal hinunter. Die Sonne war, jetzt hinter hohen Pflanzen nicht sichtbar, über den Horizont getreten, und zunehmend tauchte sie das Land in warmes Licht. Rechts in den Wipfeln, dort wo einzelne Strahlen hindurchbrachen, glitzerte es millionenpunktig.

Unweit im Vordergrund aber standen drei Lebewesen, braun, auf vier dünnen Beinen, mit Auswüchsen an den Köpfen, die in einem fort nach allen Richtungen spielten. Und auch die Köpfe selbst – auf langen Hälsen – lenkten die Blicke dieser Geschöpfe unstet in die Runde. Hauptsächlich jedoch befaßten sich diese Wesen mit einer primitiven Nahrungsaufnahme, die sie uns zweifelsfrei einstufen ließ: Tiere.

Die vierbeinigen Bräunlinge senkten die Köpfe, rissen oder bissen den fadigen Bodenbewuchs ab, kauten und verschluckten diesen. Obendrein, darauf ließ ihr sicherndes Verhalten schließen, hatten sie offenbar Feinde, vor denen sie wohl ständig auf der Hut sein mußten.

Dennoch, wir waren uns jetzt angesichts dieser biologisch hochorganisierten Gebilde – und jeder von uns spürte das –

einig: Von den drei lebentragenden Planeten, die wir auf unserer Forschungsreise gefunden und oberflächlich – für mehr reichte die Zeit nicht – untersucht hatten, stand der hiesige einsam an der Spitze.

Und natürlich vermittelten diesen Eindruck nicht allein der Blick hinab in das Tal sowie die braunen Tiere, sondern die Gesamtheit der Daten, die wir vor der Landung gesammelt hatten – über Wüsten und Eisregionen, über riesenhafte Ozeane oder auch ausgedehnte Gebiete mit äußerst dichtem Pflanzenwuchs.

Vernunftbegabte Wesen – sie zu finden der Traum jeder Zivilisation –, hatte man bislang auf den ausgedehnten Expeditionen noch nirgends entdeckt. Hier aber deutete sehr vieles darauf hin. Endlich!

Die Vierbeiner vor dem Lander, von dem sie übrigens keinerlei Notiz nahmen, schieden mit Bestimmtheit aus. Aber das imposante Gebilde dort drüben auf dem Berg jenseits des Tales und die angehäuften geometrischen Körper unterhalb desselben? Von der Vielzahl anderer Merkwürdigkeiten – zum Beispiel Schwimmzeuge auf den Gewässern, das Land da und dort durchziehende Bänder, die geordnete geometrische Strukturen verbanden – ganz zu schweigen. Keiner der Crew also zweifelte, auf Brüder im All gestoßen zu sein.

Allein – nachdem sich die erste Euphorie gelegt hatte, stand zu entscheiden, wie man sich verhalten, man vorgehen sollte. Noch gab es keinerlei Hinweise, auf welcher Stufe der Entwicklung sich die Primaten befanden, welche Verständigungsmöglichkeiten sich ergeben könnten und wie sie kosmische Besucher aufnehmen würden. Also schien vorsichtiges Kontaktnehmen geboten, und in den Kammern wurden bereits die Batterien für die Tarnanzüge aufgeladen. Wir würden uns den Wesen, trotz dieser äußerst unbequemen und schweren Ausrüstung, zunächst unsichtbar nähern, sie beobachten und uns möglicherweise erst dann entdecken, wenn keine Feindseligkeiten zu befürchten waren. Vorausgesetzt, es würde Verständigung überhaupt erfolgen können. Ohnehin galt die heilige, kosmische Order, uns auf keinen Fall in Angelegenheiten anderer in irgendeiner Weise einzumischen. Dieses Prinzip war logisch, unkompliziert und sicher. Ich konnte mir keine Situation vorstellen, die mich bewegen könnte, es zu verletzen.

Noch einen Tag verbrachten wir im Lander. Stündlich entnahmen wir der Atmosphäre Proben, maßen die offensichtlich natürlichen physikalischen Felder, und es bestätigte sich: Der Luftmantel würde uns nicht schaden, wenngleich der Sauerstoffgehalt ziemlich hoch lag, die geringe Schwerkraft würde uns die Last der Tarnanzüge und das Vorwärtskommen erträglicher machen, und von den Strahlungen, Schwingungen und magnetischen Erscheinungen ging keinerlei Gefahr für uns aus. Natürlich würde es notwendig sein, jedweden direkten Körperkontakt mit dem Umfeld zu vermeiden und die Hermetik des Landers streng zu wahren. Der geplante kurze Aufenthalt ließ eine umfängliche, insbesondere aber ungefährliche Anpassung nicht zu.

Wir beobachteten an diesem Tag noch eine Vielzahl weiterer Lebewesen, fliegende, kriechende, hüpfende, huschende, kleine und große. Dieser aus dem Lander heraus wahrgenommene Artenreichtum ließ zusammen mit dem der uns umgebenden Pflanzenwelt auf eine überwältigende Lebensvielfalt und wuchernde Fülle schließen, was keiner von uns je – auch in den üppigsten Träumen nicht – erwartet hätte. Und dann noch Primaten! An diesem Tag sahen wir zwar keine, aber aus den weit entfernten ortsfesten geometrischen Gebilden stieg zuzeiten Rauch, Reflexe blitzten, und ab und an schien sich dort, überlagert von flirrigen Luftschlieren, etwas zu bewegen...

Kein Wunder also, daß es uns kaum mehr im Gehäuse hielt, wir die Nacht vor dem Ausstieg wenig schliefen, bis spät einem merkwürdigen, vielstimmigen Konzert lauschten, das über das Außenmikrophon zu uns drang, und wir am Morgen die notwendigen Verrichtungen bis zum Ausstieg sehr ungeduldig erledigten.

Den ersten Ausflug traten wir gemeinsam an, beschränkten uns auf die notwendigste Ausrüstung, schleppten aber den voluminösen Zentralkommunikator mit und waren schließlich bis beinahe zur Bewegungsunfähigkeit behangen. Wäre die geringe Schwerkraft nicht gewesen, wir hätten so nichts unternehmen können. Und natürlich ließen wir noch die Gestaltswandler zurück, da wir ja vereinbart hatten, im Verborgenen zu operieren.

Obwohl nun schon einige Male erlebt, griff das erhabene Gefühl, einen lebentragenden Planeten zu betreten, erneut nach uns. Und hier empfanden wir noch tiefer, waren wesentlich gespannter, stand uns doch die Begegnung mit einer vernunftbegabten Spezies bevor...

Trotz der weitgehenden Abschirmung drang die Frische der Atmosphäre in uns.

Wir bewegten uns nebeneinander in flottem Tempo das Tal hinab, hinterließen im grünen, weichen, fadigen Bodenbewuchs mäßige Spuren.

Sehr aufmerksam betrachteten wir das scheinbar auf uns Zukommende.

Wir hatten uns auf Telepath geschaltet, nichts außer diesen Vertiefungen im Untergrund würde auf unsere Anwesenheit schließen lassen. Wir nahmen das in Kauf. Schweben hätte eingedenk unseres Gepäcks zuviel Energie gekostet. Merkwürdig mußte es allerdings anmuten, wenn auf der Fläche, entstehend aus dem Nichts, plötzlich Spuren erschienen. Aber noch gab es niemanden, dem das hätte auffallen können.

Wir erreichten ein Areal, das von der großen Talhangebene durch grobe, abgestorbene Pflanzenstämme verhältnismäßig viereckig abgegrenzt war. Drin im Pferch standen oder lagen träge große Wesen – „Tiere", signalisierte Bron sofort –, die haarige, krause graue Umhüllungen und stumpfe Gesichter hatten und ab und an uns anfänglich beängstigende Laute ausstießen. Sie hielten sich dicht gedrängt und ästen; einige aber zermalmten in einem fort etwas in ihren Mäulern, obwohl sie nicht das geringste vom Bodenbewuchs abbissen... „Ich vermute, eine Art lockere Symbiose mit den Primaten..?" sagte ich und erhielt keine Antwort. „Nutztiere", murmelte ich noch. Aber unsere Aufmerksamkeit wurde durch anderes, höchst Merkwürdiges in Anspruch genommen.

Je näher wir dem gekommen waren, was wir für eine Anhäufung von Behausungen vernunftbegabter Primaten hielten, desto nackter und staubiger wurde der Untergrund, auf dem wir uns bewegten. Kahle Stellen vereinigten sich zu einem schroffligen, hellbraunen Band, und auf diesem kam uns jenes Monstrum entgegen. Dann, als wir verharrend an den Rand des Streifens getreten waren, rief Sula erregt: „Das ist einer!"

Es machte mich schauern, was da kam. Auf vier Beinen stapfte es heran, schwer, kräftig und irgendwie brutal. Es schob einen mächtigen zweiäugigen, haarsträhnig bewachsenen Kopf vor sich her, schnaubte, wedelte mit zwei schaligen Auswüchsen. Und siehe: Mitten aus dem massiven Körper wuchs eine Art Säulengebilde nach oben, aus dem an den Seiten wiederum zwei Extremitäten sprossen und das von einem, kein Zweifel, zweiten Kopf gekrönt wurde. Dieser war zierlicher als der erste, zwei klare Augen blickten voraus, ein Atemhöcker war da und ein waagerechter, wulstiger Schlitz, eine im Augenblick geschlossene Körperöffnung – zur Nahrungsaufnahme womöglich.

Das gesamte Wesen war behangen und beschnürt mit allerlei Gerät und – Unnützem, Zierrat vielleicht.

Es stiebte vorbei, Bodenklumpen wirbelten; ein scharfer Geruch stand in der Luft.

„Meine Güte, was für ein Ungetüm!" sagte ich.

„Ob wir zu so etwas je Kontakt herstellen könnten?" fragte Sran zweifelnd.

„Na, wenn du schon Bedenken hast", gab ich zurück. Immerhin galt Sran als Experte für Kommunikation, wenngleich er natürlich noch nie Gelegenheit hatte, einen interkosmischen Dialog zu probieren.

„Da", rief Sula, die ich als Schemen neben mir wahrnahm. Bron, seiner Verantwortung für uns bewußt, hatte darauf bestanden, auch noch den Töner mitzuschleppen, der uns gegeneinander ein wenig sichtbar macht. Sulas Augen wiesen zur Siedlung hin. Dort auf dem braunen, mit flachen Mulden übersäten Band wandelten, uns abgewandt, zwei Gestalten – sehr viel höher als breit oder tief, auf zwei Beinen mit verhältnismäßig kleinen Laufflächen. Wie die Säule auf dem Ungetüm: Zwei Obenextremitäten, mit denen sie kräftig im Gegentakt zu den Schritten schlenkerten, und jener rundliche, behaarte Kopf.

„Ah", rief Sran. „Jetzt, Lixa, geht mir ein Licht auf!" Er wandte sich direkt an mich. „Das erst sind sie, die Primaten! Vorhin der Koloß war nichts weiter als eine symbiotische Gruppierung, zwei gänzlich unterschiedliche Wesen, eines auf dem anderen."

Einleuchtend! Ich spürte, daß auch Bron und Sula diese Version sofort annahmen.

„Dieses Untere – ein kräftiges Tier, ein Mittel zur schnelleren Fortbewegung; denn...", ergänzte Sran, „...sie müssen mit ihren zwei Beinen über ein Sinnesorgan immerwährend in Balance gehalten werden und daher äußerst langsam sein."

„Scheint so", bemerkte ich spöttisch und wies auf zwei kleine dieser Wesen, deren Beine nur so flogen und die sich mit einem schwarzen, abgehackte, häßliche Laute von sich gebenden flinken Vierbeiner in einem erheblichen Tempo und offenbar vergnüglich jagten.

Daß aber Sran mit seiner `symbiotischen Gruppierung' recht behielt, zeigte sich wenige Minuten später. Zwei der Unteren zogen ein vierrädriges Gerät, einen Wagen, grob aus abgestorbenen Pflanzenteilen, ziemlich roh bearbeitet, zusammengesetzt. Eines der Säulenwesen befand sich, total verbogen, auf diesem Gefährt, hielt Seile in den Obenextremitäten und gab ab und an aufmunternde Laute von sich. Also war klar: Die Unteren – angepaßte, starke Tiere – wurden zu allerlei Hilfsdiensten herangezogen. Die Primaten hatten sich über sie erhoben – wenn das kein Spezies-Merkmal war! Sie machen sich die sie umgebende Natur nutzbar, ein untrügliches Zeichen von niedriger Vernunft...

„Hast du den Wagen gesehen?" fragte Sula überflüssigerweise, sich an keinen von uns wendend. „Primitivlinge..."

„Sei nicht voreilig!" gab Bron zurück. „Ich schlage vor, wir verteilen uns." Er wies unbestimmt in die Umgebung. „Das ist, so glaube ich, vielfältiger, als man jetzt schon annehmen könnte. Abends tauschen wir Ergebnisse aus, registrieren und – überlegen, ob wir überhaupt Kontakt nehmen wollen." Also war auch er sich unsicher, ob solches möglich oder sinnvoll sein würde. „Und wir bleiben für sie selbstverständlich unsichtbar." Dann ordnete er uns Abschnitte des Umfeldes zu. Sran und Sula sollten links und rechts des Weges die Behausungen aufsuchen, die Wesen beobachten, belauschen, hinter ihre Art zu leben kommen, die Sprache speichern...

Bron und ich würden noch ein Stück weiter gehen, um dann das gleiche am anderen Ende der Siedlung zu beginnen. Bindend aber war nur der Zeitpunkt, zu dem wir uns alle am Lander wieder einfinden wollten.

So taten wir; ich ging links, rechts von mir verschwand Bron durch eine größere Öffnung, die sich in der stabilen Umfriedung aus unzähligen übereinander getürmten Steinen befand, zwischen zwei der groben Behausungen. Ich hingegen drang links in ein schmaleres, viereckiges Loch, eine Tür, direkt in ein solches Gebilde.

Sofort umgab mich Lautgewirr.

An einer parallel zum Fußboden aufgestellten Tafel hockten gekrümmt – ich zählte acht dieser Wesen, kleine, große, welche mit tiefen, solche mit hohen Stimmen, und sie schoben sich in die Öffnung am Kopf – mit der sie auch die unterschiedlichen Laute bildeten – ja, Speisen ein, beträchtliche Mengen.

Ich filmte, bemühte mich sogleich, Begriffe, Gegenstände und die dafür von der Runde gebrauchten Worte in Einklang zu bringen – für das ausgeklügelte Sprachmittlersystem unerläßlich, aber kompliziert, was sich mir sofort offenbarte. Es zeigte sich wieder die Diskrepanz zwischen Theorie und Praxis – letztere hatte niemand von uns... Die Schwierigkeit begann einfach damit, daß ich die meisten Gegenstände zunächst keiner Zweckbestimmung zuordnen konnte und daher erst recht nicht die sprachliche Lautmalung dafür. Und da war es schon ziemlich gleichgültig, daß sich diese Wesen fast ausschließlich über Schallwellen verständigten. Dennoch bemühte ich mich sehr intensiv, und ich war mir sicher, einiges Brauchbare aufgenommen zu haben, bis ich plötzlich unterbrochen wurde und schleunigst das Weite suchen mußte, nämlich als die zu Beobachtenden ihre Äsung beendet hatten, sich im Raum heftig hin und her bewegten und so die Gefahr bestand, daß ich ihnen mit den an mir befestigten Geräten – unsichtbar zwar – in die Quere geriet. Ich konnte mir gut vorstellen, daß sie dies beträchtlich verwirren würde.

Noch öfter an diesem Tag drängte ich mich an Gruppen dieser Wesen heran. Das Wichtigste, läge uns etwas am Kontakt, was ich zunehmend bezweifelte, war die Verständigung; denn es würde uns schwerfallen, auch das wurde mir in diesen ersten Stunden bewußt, sie aus ihren Handlungen und ihrem Gebaren heraus zu begreifen.

Doch stets, wenn ich wieder den Weg betrat und einen Blick auf den Berg warf, auf dem weiß, ein wenig wie drohend, ein wenig aber auch Sicherheit ausstrahlend, jenes große Gebäude stand, das sich erheblich von den Wohnstätten, die ich nun zur Genüge von innen und außen kannte, unterschied, wurde meine Neugier beträchtlich angestachelt.

Es war schon dunkel, als ich mich unserem Lander näherte. Unmittelbar davor überhuschte mich lautlos ein großer Schatten. Gegen das etwas hellere Firmament gewahrte ich für Augenblicke ein fliegendes Wesen beachtlicher Flügelspannweite, das sich auf einen Ast niederließ, der unsere Maschine überkragte.

Nun, ich hatte allein an diesem ersten Tag einen so großen Artenreichtum der Fauna kennengelernt, daß ich kaum überrascht war. Gefahr sah ich keine; es war aber nicht zu leugnen, daß mich schauerte, mir ein Schreck in den Körper fuhr...

Dann jedoch siegte meine Neugier. Zunächst mit dem Biostrahler, dann auch mit weißem Licht löste ich das Tier aus der Finsternis. Und es blieb zunächst reglos sitzen, sah mich mit großen starren Augen und ausdruckslosem Gesicht stoisch an. Irgendwie hatte ich den Eindruck von etwas Erhabenem und – obgleich Tier – auch Überlegenem.

Auf zwei kräftigen Krallenfüßen – Beine sah man nur angedeutet – saß ein graubraun gesprenkelter, klobiger, nein, flauschiger Körper, der scheinbar halslos, sich nach oben verjüngend, in den Kopf überging, der von zwei spitzen Auswüchsen gekrönt war. Das Faszinierende aber waren die beiden in Rosetten gebetteten Augen, über die arhythmisch und aufreizend langsam ab und an schwere Lider klappten. Aus dem ebenfalls flaumigen Gesichtskleid ragte ein schwärzlicher gebogener Haken, in dem sich zwei kleine Löcher befanden. Und noch etwas Verwunderliches fiel mir auf: Als das Knäuel langsam den Kopf drehte, hatte ich unbedingt den Eindruck, es könne dies um vierhundert Gon tun.

Plötzlich breitete das Tier weitausladende Flügel aus; ich wich zurück. Es war irgendwie imposant und furchteinflößend zugleich. Ein gutturaler Laut, ein „Schuuhuuu", folgte, und lautlos schwang sich das scheinbar masselose Flauschknäuel in die Luft. Nur Äste schabten aneinander, und Blätter raschelten...

Warum, konnte ich eigentlich nicht sagen, aber die Begegnung mit dem Flugtier hatte mich nachhaltig beeindruckt.

Wir saßen noch lange und fütterten zunächst jeder seinen eigenen Computer mit den Kommunikationsdaten, machten bereits einiges stimmig, bevor wir die vier Geräte koppelten. Das getan, gingen wir in die Ruhephase, gespannt, was danach Brauchbares einer ersten Verständigungsbasis mit den hiesigen – wir waren uns einig, primitiven – Wesen übrig geblieben sein mochte. Übereingekommen waren wir auch, daß wir nicht abbrechen, sondern vielleicht doch einen Kontakt versuchen sollten.

Wider Erwarten offerierte uns unser Zentralcomputer einen brauchbaren Verständigungsalgorithmus; die hiesigen Wesen sprachen in einfachen, logischen Strukturen, mit einem außerordentlich geringen Abstraktionsgrad. Schnell hatten wir die persönlichen Wandler programmiert, die spärlichen Vokabeln gespeichert, und wir starteten, abermals unsichtbar natürlich und getrennt; diesmal aber mit sehr viel höhergeschraubten Erwartungen, weil nicht mehr taub...

Mich zog magisch das große weiße Gebäude auf dem Berg außerhalb der Siedlung an, und ich hatte mich so einteilen lassen, daß es in meinem Distrikt lag. Sogleich aber wollte ich nicht dorthin. Neugierig, die neuen Kenntnisse zu probieren, spähte ich nach Gruppierungen von den Zweibeinern, um ihrer Unterhaltung teilhaftig zu werden.

Direkt auf dem Weg traf ich nur wenige dieser Wesen. Im umliegenden Gelände hingegen sah ich etliche bei allerlei Verrichtungen, aus denen sich bei näherer Betrachtung logisch folgern ließ, daß sie fast ausschließlich dem Lebensunterhalt dienten. Und, wenngleich bereits am Vortage bemerkt, aber kaum bedacht, sie gingen individuell, meist lappig bekleidet – mit einem Hauptunterschied. Es fiel daraus nicht schwer, sie als absolut zweigeschlechtig einzustufen, zumal sich mir immer deutlichere Unterschiede an den Körpern offenbarten. Zum Beispiel trug die eine Kategorie, die mit hohen Stimmen, lange, weitfaltige und unten offene Kleidung, an der Vorderseite des Oberkörpers zwei nebeneinanderliegende, meist eingeschnürte Höcker, deren Zweckbestimmung mir zunächst verborgen blieb. Die andere Sorte Wesen trug über die Beine gezogene Röhren und hatte einen platten Oberkörper.

Aus dem letzten der Anwesen auf der linken Wegseite – dem Aussehen nach etwas gediegener als etliche andere – drang lautes Geschrei.

Ich ging über die massive Umfriedung, gelangte in ein Geviert, gebildet aus Behausungen unterschiedlicher Form und Größe, und da standen zwei von jenen langbekleideten Gestalten mit Obenhöckern – aber welchen Unterschieds! Die eine wabbelnd beleibt, doppelt so breit wie die andere, hochroten Kopfes, mit bunten Bändern behangen und von einer mit filigranenem Zierrat versehenen Haube überstülpt, belferte, kein Zweifel, emotional höchst erregt auf die andere ein. Und dieser anderen wendete sich sogleich meine höchste Sympathie zu: Ein Geschöpf, schmal, wie hilfebedürftig, feines, bleiches Gesicht, im Vergleich zur anderen trist, ärmlich bekleidet, unterwürfig, mit gesenktem Kopf dastehend, ein Bild, das förmlich nach eingreifender Hilfe schrie.

Natürlich hielt ich mich, eingedenk der strengen Instruktionen, zurück, zumal offenbar eine leibliche Gefahr für das schwache Wesen nicht zu bestehen schien.

„Du nichtsnutzige Schlampe!" keifte die Rotgesichtige. Sie gestikulierte heftig, ergriff plötzlich eine der zwei vom Kopf der Gescholtenen herabhängenden gelblichen Stangen geflochtenen Haars und zerrte kräftig daran, was der Kleinen doch offenbar heftige Schmerzen bereitete, denn sie verzog das Gesicht, was mich einen Augenblick beinahe die Vorsätze vergessen ließ und mich fast zum Eingreifen gebracht hätte.

Mit dem Begriff „Schlampe" konnte ich nichts anfangen, aber die Tirade ging weiter: „Habe ich dir nicht gesagt, daß du dich nicht wegzurühren hast, wenn die Sau wirft? Das erdrückte Ferkel hungerst du mir ab, so wahr mir Gott helfe! So eine Plage von Mensch!"

Wenn ich auch weiterhin hinter etlichen Wörtern keinen Sinn fand, klar wurde mir, daß ich einer grimmigen Schuldzuweisung beiwohnte.

„Ich habe die Suppe ge...", wandte das schmale Wesen schüchtern ein.

„Red' dich nur raus! Da mußt du früher aufstehen, blöde Kuh. Noch einmal sowas, und ich prügle dich windelweich!"

„Ja, Mutter..." Sie ging gesenkten Hauptes, gedemütigt, ein Bild des Jammers. An den Füßen trug sie klobige Behältnisse aus Holz, die beim Laufen schlurfende Geräusche verursachten. Und ich sah, wie sich aus ihren Augen zwei große Wassertropfen lösten und über ihr Gesicht zu Boden rannen. Obwohl ich diese Erscheinung natürlich nicht kannte, übertrug sich etwas von der großen Traurigkeit auf mich, die dieses Geschöpf befallen haben mochte. Es löste in mir die Frage aus, ob nicht doch geholfen werden könnte, sollte...

Aus einer hoch gelegenen viereckigen Öffnung des Hauses ragten zwei ebenfalls sauber behaubte Köpfe. Sie zeigten bei nach oben verzogener Gesichtsöffnung Zähne, und diese Grimasse strahlte so etwas wie Fröhlichkeit aus. Und eine Art hohes Gackern ließ sich vernehmen. Es schien, als hätte sie die Szene sehr amüsiert, was mir die beiden nicht gerade sympathisch machte.

Ein Wesen der anderen Bekleidungskategorie trat aus einem der Häuser. Es blickte zu den beiden Köpfen in der Öffnung hinauf und rief: „Kichert hier nicht albern herum, kümmert euch lieber um eure Kleider, wascht euch, wenn ihr pünktlich auf dem Fest sein wollt!"

„Ja, Vater!" Die Köpfe verschwanden.

Ich war hellhörig geworden. Der Begriff „Fest" befand sich zwar ebenfalls nicht im Speicher, aber den Worten nach sollte es wohl etwas nicht Alltägliches sein. Ich nahm mir vor, das näher zu erkunden.

Sekunden später drang ich durch die Öffnung, aus der vordem die beiden Köpfe gelugt hatten. Es bereitete mir Mühe, mit meinen Gerätschaften nicht hängen zu bleiben oder anzustoßen. Durch Lärm wollte ich mich nicht verraten.

Ich kam in einen Raum mit wuchtigen Behältnissen an den Wänden. Zwei uns schon bekannte Lagerstätten befanden sich da, hoch aufgebauscht. Darüber gebreitet lagen der Machart nach zwei annähernd gleiche Kleidungsstücke, aber durchaus unterschiedlich aufgeputzt. Zierliche, mit Metallfäden durchwirkte Fußhüllen standen herum und einige Gegenstände, deren Zweckbestimmung mir verborgen blieb.

Die beiden fand ich nicht vor, aber ich hörte sie sprechen und undefinierbare Geräusche ausstoßen. Diesen ging ich nach, und ich traf auf sie in einem dunstigen Raum. Dort warfen sie Kleidungsstücke von sich und standen alsbald, für mich natürlich äußerst interessant, ohne jede Hülle da. Und nun wurde mir auch klar – ein Fakt der uns anfangs verwundert hatte –, weshalb sie den Körper so vollständig bedeckten: eine große Oberfläche, wie es schien, ohne jeden natürlichen Wärmeschutz, wenn man von einer lächerlich kleinen behaarten Stelle absah. Da wir die Temperaturunterschiede in den Tagesläufen gemessen und für den Jahresrhythmus berechnet hatten, war mir nun das Schutzbedürfnis in diesen geographischen Breiten verständlich. Entdeckerstolz erfüllte mich, die Wesen in natürlicher Gestalt sehen und fotografieren zu können.

In der Mitte des Raumes stand ein großes hölzernes Gefäß, in welches die vordem Gescholtene sehr warmes Wasser – wie ich mich überzeugte – aus kleinen, von ihr herangeschleppten Behältern goß.

In die große Wanne stiegen die beiden Nackten, irres Gegackere von sich gebend, mit fröhlich verzerrten Gesichtern und entblößten Zähnen. Sie bespritzten sich, beschimpften die Wasserträgerin, die das Bad durch Hinzuschütten bald wärmer, bald kälter bereiten mußte.

Ich studierte die Körper aus nächster Nähe, glaubte, mir über die Zweckbestimmung der einzelnen Teile bald im klaren zu sein, nur nicht über die beiden Oberkörperhöcker weichen Gewebes, das elastisch den Bewegungsimpulsen und der Schwerkraft folgte und jeweils in der Mitte einen Nippel aufwies.

Im Prinzip waren die Körper gleich, wichen aber im einzelnen erheblich voneinander ab, im Ausmaß der Glieder, des Leibes, dieser Höcker. Und von großem Unterschied waren die Gesichter, deren Ausdrucksfähigkeit ich erstaunlich fand.

Die beiden hüllten sich in Schaum, den sie einem festen, handgroßen weißlichen Quader entrieben. Es roch streng, und die Luftfeuchte stieg für mich ins beinahe Unerträgliche.

Dann mußte die Graubekleidete die beiden Beschäumten mit frischem Wasser begießen, abermals beschimpft, weil dieses angeblich nicht wohltemperiert war.

Die beiden Geschöpfe hüllten sich in große Gewebestücke und saugten damit rubbelnd das Haftwasser vom Körper. Anschließend stürmten sie zurück in den Raum, in dem die frischen Kleider bereit lagen. Ich hatte tüchtig zu tun, ihnen nicht in den Weg zu geraten.

Ich wollte mich schon zurückziehen, als eine tiefere Stimme irgendwo rufend anfragte, ob man fertig sei. Und bald darauf trat das röhrenbekleidete Wesen in den Raum, machte sich nackt und stieg ebenfalls in den Bottich. Wenn es noch eines Beweises bedurft hätte: Es offenbarte sich im Vergleich deutlich die Zweigeschlechtlichkeit, ähnlich wie bei einigen Faunaarten unserer Heimat. Und ich stufte den Badenden als „Minus“ ein. Auch sein Körper ähnelte den anderen, besaß jedoch im Gegensatz zu diesen am Unterleib einen Fortsatz und, was wir bereits im bekleideten Zustand festgestellt hatten, die Oberkörperhöcker fehlten, also waren auch diese ein Geschlechtsmerkmal der „Pluskategorie“, nur – wozu?

Der Minus hatte kurze Haarstoppeln im Gesicht, die bei den beiden Plus fehlten, er besaß eine tiefere Stimme und kleidete sich – aus mir unerfindlichen Gründen – anders. Also waren sie sehr leicht – auch im bedeckten Zustand – voneinander zu unterscheiden.

In den nächsten Stunden blieb ich den Wesen dieses Clans buchstäblich hautnah auf den Fersen. Nach dem Minus badete noch die bösartige Plus, an deren Körper ich Erscheinungen studieren konnte, die vermutlich dem fortgeschrittenen Alter zuzuschreiben waren.

Und dann ereignete sich jene Szene, die mich im folgenden doch alle Vorsätze und Instruktionen vergessen ließ:

Durch verschiedene Räume der Behausung pendelnd, beobachtete ich weitere Vorbereitungen für dieses Fest, was immer das sein mochte, das aber offensichtlich Aufregung verursachte und von dem unablässig, insbesondere bei den beiden jüngeren Plus, die Rede war. Sie wohl vor allem gingen mit großer Hoffnung dorthin. Irgendein Minus, sie nannten ihn ehrfürchtig Prinz, höheren Ranges sollte oder wollte eine Plus auswählen zwecks Bildung einer monogamen Gemeinschaft. Und man rechnete sich, ermuntert von der Alten, Chancen aus.

Ich beobachtete also, wie man sich herausputzte, wie die schmale graue Plus als letzte und in aller Eile in den Bottich stieg, dessen Wasser zu diesem Zeitpunkt alles andere als einladend schien, sich wusch und dann in tiefster Bescheidenheit mit einem sauberen, gelblichen, aber jeder Pracht baren Kleidchen vor die Alte trat mit der leisen Frage: „Geht das so, Mutter?"

Diese verfiel zunächst in einen heftigen Anfall lautstarker Heiterkeit, die sich in Empörung und zynisches Gekeife wandelte und in der Tirade gipfelte, ob sie wohl ganz und gar von Sinnen und übergeschnappt sei und was man im Schloß wohl denken solle, wenn man mit solcher Schlampe erschiene. Eine Beleidigung, eine Schande für das ganze Dorf wäre es und erst recht für den Prinzen.

Sie Unverschämte solle sich an die Arbeit machen, morgen wünsche man eine Erbsensuppe zu Mittag, die Früchte seien zu verlesen und einzuweichen. Zum Schluß jedoch brach die Alte abermals in boshafte Heiterkeit aus, in die die anderen beiden Plus', die ob des Geschreis, bereits hochgradig herausgeputzt, herbeigeeilt waren, lauthals einstimmten. Nur der Minus hielt sich zurück, ergriff keinerlei Partei, sah eher traurig als heiter drein.

Die schmale Plus stand im Hemd, hielt gesenkten Kopfes das triste Kleidchen über dem Arm, und aus ihren Augen lösten sich abermals große Tropfen, die ihr übers Gesicht rollten. „Ja, Mutter", hauchte sie und verließ, begleitet von den penetranten Heiterkeitsgeräuschen, den Raum.

Ich folgte ihr.

Wir kamen in eine kleine Kammer. Sie hängte das Kleidchen über ein Möbel, strich behutsam einige Falten glatt. Ab und an ließ ein ruckartiges Einatmen ihren zarten Körper erzittern.

Dann stülpte sie sich ihr graues Gewand über, ging in einen Nebenraum, in dessen Mitte unter einem Rauchfang ein kleines Feuer schwelte, schüttete aus einem lappigen Behälter kleine runde Früchte auf den Tisch, setzte sich, klemmte ein flaches Gefäß zwischen die Knie und begann, die Kullern zu sortieren.

Schnell begriff ich, daß sie beschädigte, schlechte und Fremdkörper von den einwandfreien Erbsen, die sie in das Gefäß strich, trennte. Das, so wurde mir klar, würde angesichts des großen Haufens sehr lange dauern.

Ein Geräusch von draußen ließ mich aus dem Fenster sehen. Man hatte zwei der großen Vierbeiner an ein leichtes Fahrgerät gebunden, auf diesem Platz genommen – aufgeputzt die drei Plus mit Hauben und Bändern, unscheinbar daneben der Minus –, man schnatterte weiter aufgeregt und fuhr schließlich durch das Tor auf den Weg hinaus.

Ich wandte mich wieder meinem Schützling zu. Die kleine Plus hatte sich offensichtlich in ihr Los gefügt. Traurigen Gesichts modulierte sie Worte, und der harmonische Wechsel zwischen hohen und tiefen, kurzen und langen Tönen berührte mich höchst eigenartig.

Dennoch, Neugier trieb mich hinaus auf den Weg. Das Fest interessierte mich. Im Nu hatte ich das Gefährt eingeholt; es befand sich auf dem Weg zum Berg, zum weißen Gebäude, kein Zweifel! Ich eilte voraus, stieg dabei hoch auf und gewahrte, daß sich aus mehreren Richtungen Fahrzeuge demselben Objekt näherten, und dort herrschte bereits ein buntes Treiben. Erstaunt war ich daher überhaupt nicht, als nach und nach meinem Empfänger die Kennungen meiner drei Gefährten anlagen. Sie befanden sich bereits jenseits der gewaltigen Mauer im Hof, durch das so offensichtlich nicht alltägliche, überregionale Ereignis „Fest" neugierig geworden.

Wir verständigten uns schnell, das alles erkunden zu wollen – eine einmalige Gelegenheit –, und rasch tauschten wir neue Begriffe und Wörter über unsere Kommunikatoren aus. Ganz nebenbei erfuhr ich so, das die beiden Oberkörperhökker der Plus weiße, flüssige Urnahrung für neu entstandene Wesen abzusondern in der Lage waren, die von diesen angeblich gierig saugend aufgenommen wurde. Sula hatte das erkundet.

Alle prächtig ausstaffierten Ankömmlinge begaben sich in einen großen dekorativen Raum des riesigen Bauwerkes. Es fiel auf, daß es sich stets um Gruppen handelte, zu denen mindestens eine junge Plus zählte.

Man stand herum, redete, begrüßte, musterte sich. Und alle erwarteten ein Ereignis. Ich spürte förmlich die knisternde Atmosphäre. Und dann kam es: Angekündigt durch einen aus einem metallenen Instrument von einem buntbetreßten Minus geblasenen gräßlichen Urlaut, trat durch eine große Tür eine Gruppe der Wesen würdig in den Raum: Ein alter Minus mit langen Haaren im Gesicht, eine unnütze, weil oben offene, goldene Mütze, filigran verziert und mit polierten Steinen besetzt auf dem Kopf, eine ältliche Plus, angetan mit einem Kleid, das mindestens das Siebenfache an Grundfläche einnahm, als ihr Körper benötigt hätte. Zwischen den beiden aber schritt ein junger Minus mit dünnen Beinen, einer lächerlich bunten kugeligen Hose und einem metallisch betupften, ebenfalls pludrigen Obergewand. Aber er hatte ein gutes, ebenmäßiges Gesicht, von wohlgelegten, hellen Haaren umrahmt.

Ein Raunen ging durch den Saal. Ein tiefes Zusammenkrümmen der Gäste – wie auf Kommando – überraschte mich. Eine besondere Art der Ehrerbietung?

Dann setzte ein melodischer Lärm ein, verursacht von einer Gruppe Instrumententräger, und der junge Minus schritt mit langgestrecktem Hals an den Anwesenden, die eine Gasse gebildet hatten, vorbei, ergriff dann eine junge Plus und begann diese rhythmisch hin und her und rundherum zu schwingen, und sie traten sich, trotz sehr schneller Schritte, erstaunlicherweise nicht auf die Füße. Nach einigen Minuten wogte die gesamte Korona in ähnlichen Verrenkungen durch den Saal, zweifelsfrei ein allen Spaß bereitendes Vergnügen.

Wir verständigten uns abermals, und natürlich befand sich

unsere gesamte Crew im Raum. Ich teilte mit, was ich von den Vorbereitungen auf das Fest beobachtet hatte, ließ jedoch die Episode mit der kleinen grauen Plus aus, und alsbald glaubten wir begriffen zu haben, daß diese Plussuche für den Prinzen bereits im vollen Gange war, das Gehopse sozusagen eine erste Kontaktnahme. Der junge Minus, vielleicht Nachfolger des Herrschers, würde sich unter den vielen Plus des Landes die heraussuchen, die ihm am besten gefiel.

In mein Erinnern schob sich vor die vielen Gesichter das treuherzige, liebliche, traurige der schmalen, kleinen gedemütigten Plus, die ich vor dem Berg Erbsen wußte – und ich stellte sie mir vor, ähnlich aufgeputzt wie die anderen im Saal. Keine würde sie an Schönheit – so weit ich das schon beurteilen konnte – und einer gewissen Faszination übertreffen! Und außerdem, wo blieb eine Chancengleichheit, und wer hatte das Recht, dem suchenden Minus auch nur eine Plus vorzuenthalten?

Mein Entschluß stand plötzlich fest, und ich handelte danach spontan.

So schnell ich konnte, begab ich mich zum Lander, ließ einige Gerätschaften dort, lud mir aber den ziemlich schweren Materialisator auf und befand mich damit alsbald neben der kleinen, noch immer Früchte sortierenden Plus. Sie würde noch eine Weile damit zu tun haben...

Flugs befand ich mich in ihrer Kammer, nahm die Parameter und Materialqualität des gelblichen Kleidchens auf, setzte auf dem Monitor aus meinem Erinnern allerlei Zierrat hinzu und materialisierte das Ganze. Dann fiel mir ein, daß noch Fußhüllen gebraucht wurden. Ich fand ein Paar primitiver, kleiner, von denen ich das Maß abnahm, und formte danach mit Silber durchwirkte, prächtige. Mit diesen Utensilien begab ich mich zurück in die Küche.

Die junge Plus hatte die Arbeit beendet, streute die ausgelesenen schlechten Erbsen aus dem Fenster, wo sich im Hof alsbald geflügelte Tiere darum balgten.

Sie tat die guten Früchte in einen großen Topf, schüttete Wasser darüber und begab sich in ihre Kammer. Dort strich sie abermals liebevoll über das daliegende Kleidchen, warf ihr graues von sich, schlüpfte in das andere und begann sich alsbald nach mit ihrer eigenen Stimme erzeugten melodischen Tönen zu wiegen und zu drehen, ganz so, wie ich es kurze Zeit vorher im Prachtsaal gesehen hatte. In ihren Augen stand ein hingebungsvolles Sehnen...

Mich rührte die Szene derart an, daß ich unvorsichtig handelte: Als sie bei einer Umdrehung die Arme breitete, ließ ich das von mir gefertigte Prachtkleid einfach hineingleiten.

Die Plus stand wie erstarrt, warf das Gewand von sich, als sei es glühend, und wich dann mit entsetzt aufgerissenen Augen zurück an die Wand. Dort verharrte sie, den Blick auf das am Boden liegende Kleiderbündel geheftet, und ich sah, daß ihr Körper vor Angst bebte.

Einem dummen Schritt muß zumeist der nächste folgen, zumal mir bewußt wurde, was ich angerichtet hatte. Mir blieb also keine Wahl, ich mußte, so glaubte ich, aus der Anonymität treten, um ihr den Schreck zu nehmen – aber wie? Wie sollte ich mich ihr, um nichts zu verschlimmern, zeigen? Keineswegs in meinem Urkörper, sie würde womöglich vor Entsetzen Schaden nehmen – nein, es mußte etwas ihr Geläufiges sein. Fieberhaft dachte ich nach, bereit über Schirm und Phantasie eine Gestalt zu entwerfen. Und plötzlich stand das Bild des großen Nachtflugtieres in meinem Erinnern, ich bedachte es intensiv, drückte dann „Start“, warf noch rechtzeitig die Geräte ab und sah mich alsbald in ein bräunliches Flauschkleid hineinwachsen.

Die Plus stieß einen Ruf des Erstaunens aus, und ich hörte mich krächzig sagen: „Hab' keine Furcht, ich tue nichts Böses!“ Der Satz erschien mir höchst albern, aber ich glaubte, er entspräche ihrer Begriffswelt.

Sie faßte sich langsam, und dann stammelte sie: „Wer, wer bist du?“

Mich durchrieselte ein neuer Schreck. Es genügte also nicht, zu erscheinen, das hatte sie schnell akzeptiert. Was sie brauchte, um mich anzunehmen, war offenbar eine Identifikationsfigur. Sollte daran mein Vorhaben scheitern? Da stand die häßliche Szene mit der boshaften Alten vor mir. „Auch wenn ich in dieser Gestalt komme, ich bin deine – wahre Mutter!“

Da geschah etwas Erstaunliches. Sie fiel vor mir spontan

auf die Knie, umfaßte mich stürmisch – was mich beinahe aus dem Gleichgewicht gebracht hätte –, barg ihre Gesicht in meinem Flausch, und wieder zogen Zuckungen durch ihren Körper. Dann sah sie mit nassem Gesicht zu mir empor (ich glaube, ich hatte mich bei meiner Verwandlung in der Größe vertan), ihre Augen strahlten, und es ging mir durch und durch, als sie hauchte: „Mutter".

Spätestens ab diesem Augenblick begann das schlechte Gewissen in mir zu bohren, und ich dachte, wie berechtigt doch das Einmischungsverbot war. Gleichzeitig aber wußte ich, daß ich seine Mißachtung niemals bereuen würde. Nur, wie sollte ich die Episode beenden, ohne daß mein Schützling Schaden nahm? „Du mußt dich beeilen", mahnte ich. „Das Fest ist in vollem Gange."

„Du meinst, ich soll..?" Zweifel schwang in ihrer Stimme, aber ihr Gesicht drückte frohe Erwartung aus.

„Natürlich, deshalb bin ich doch gekommen."

Schneller als ich es je zuvor gesehen hatte, befand sie sich in der prächtigen Kleidung. Und ich muß schon sagen, ich war stolz auf mich. Das Gewand schien – und das auf Anhieb – hervorragend gelungen. Und da ich von jedem Flitter, den ich auf Bildern gesehen, etwas einbezogen hatte, würde es alles andere dort auf dem Fest Präsente übertrumpfen.

„Oh", sagte sie und sah auf ihre Füße in den klobigen Holzschuhen.

„Oh", antwortete ich heiter und warf ihr die neu geschaffenen Prachtstücke zu.

„Oh", rief sie überglücklich, schlüpfte hinein, und sie paßten und waren, ich hatte zunächst Befürchtungen, offenbar auch elastisch genug, um damit laufen zu können. „Aber – wie komme ich ins Schloß? Und – Stiefmutter wird mich erkennen..."

„Ich helfe dir – und so, wie du nun aussiehst, erkennt dich niemand."

Draußen war es mittlerweile dunkel geworden, was mir sehr zu statten kam. Natürlich wollte ich von meiner Identität nur soviel wie nach Lage der Dinge nötig preisgeben. Und sie waren doch, bei allem Liebreiz der Kleinen – Primitivlinge. Sie befanden sich offenbar in einer Art Urform der Evolution, von der allumfassenden Natur noch nicht als selbstbewußte Primaten und Beherrscher abgenabelt. Wie sonst wäre zu erklären, daß sie mich als Mutter in dieser absonderlichen Gestalt so schnell angenommen hatte? Das ließ doch wirklich nur darauf schließen, daß ihnen innere Prozesse der Biomorphose noch verborgen, daß Mystik und Wirklichkeit in ihrem Denken noch arg verwoben waren. Sei's drum!

Mein Wollen ließ sich realisieren, und vielleicht gelang es so am ehesten, die Episode im Guten zu beenden. Wenn ich, ohne großes Erstaunen auszulösen, auftauchen konnte, vermochte ich wohl auch, ohne dieses wieder zu verschwinden... Mit diesem Gedanken wurde mir aber auch bewußt, daß ich auch Schlimmes anzurichten imstande wäre und die Pflicht hatte, Schaden von allen Beteiligten abzuwenden.

Ich legte meiner Prinzessin einen Gurt um, packte sie behutsam mit den geliehenen Krallen meines Nachtvogels, mußte mich ob des doch beachtlichen Gewichts noch vergrößern und beförderte uns auf den Berg.

Unsere Landung beobachtete niemand, Gastgeber und Gäste befanden sich im Hause beim Tanz, und auch die Bediensteten hatten nur Augen für das bunte Treiben. Und flugs, kaum daß sie meine Worte „Ich erwarte dich hier!" wahrnahm, eilte, ja flog mein Schützling förmlich in den Saal.

Meine Rückverwandlung dauerte nur einige Sekunden. Diese Zeitspanne aber hatte offenbar genügt, um im Saal auf meine Plus aufmerksam zu werden. Nicht nur mein Kleid – ich registrierte es mit aller Eitelkeit – machte Furore, die Plus selbst schien wie verwandelt: Ihre Augen leuchteten, das Gesicht war gerötet, ihr gesamter Körper strahlte gleichsam Heiterkeit und Frohsinn aus.

Ich erkannte das Grauchen nicht wieder. Das machte aber offensichtlich nicht nur der Umstand, doch noch auf dem Fest zu weilen, sondern – ich hatte es ihr gewünscht – daß dieser junge Würdenträger eine der zwei jungen Plus aus dem mir bekannten Clan mitten im Tanze stehen ließ, auf „meine" Plus zueilte, sie umfaßte und die Glückliche wie von Sinnen zu den melodischen Geräuschen umherschwang.

Und das tat er den ganzen Abend!

Ich sah und hörte mich derweil im Saale um, darauf bedacht, nicht angerempelt zu werden. Mit den Gefährten tauschte ich insbesondere sprachlich-begriffliche Neuigkeiten. Sie wollten das Treiben unbedingt bis zu dessen Ende verfolgen, was mir nur recht war. Von meinen Eskapaden berichtete ich nicht.

Meist hielt ich mich in der Nähe der Gruppe auf, zu der mein Schützling wohl gehörte, aber – eingedenk der Schikanen, die ich erlebt hatte – offensichtlich, aus mir unerforschlichen Gründen, von dieser nicht nur ungenügend ästimiert, sondern sogar zutiefst gedemütigt wurde.

Sie erkannten – wie ich voraussagte – die Kleine natürlich nicht, mißgönnten aber der schönen, vermeintlich Unbekannten mit schmähenden Worten die Gunst, die sie bei dem Jüngling genoß. Die Alte stachelte die beiden jungen Plus immer wieder auf, sich in Szene zu setzen. Der aber, um den es ging, hatte nur Augen für seine Favoritin, meine Prinzessin, was mich natürlich außerordentlich erfreute. Übrigens mißfiel der Verlauf des Abends anderen Gästen ebenfalls, die allzugern, wie mein Clan auch, des Prinzen Aufmerksamkeit auf ihre Plus-Sprößlinge gerichtet gesehen hätten.

Spät begann der Aufbruch. Man hörte die Gespanne über den holprigen Hof rumpeln.

Meine Kleine wurde unruhig, dann, als die Ihren Anstalten zum Gehen trafen, gar ängstlich. Allein, der junge Prinzen-Minus ließ sie nicht aus den Augen.

Ich überlegte bereits, wie ich ihr helfen sollte, als sie in einer Geräuschpause plötzlich ihr Kleid raffte, sich dem Ausgang zuwandte und leichtfüßig ins Freie eilte.

Überrascht folgte ich, hatte zu tun, während sie, noch nicht an die Dunkelheit gewöhnt, einige Augenblicke spähend auf der Treppe stand, mich wieder in das Nachttier zu verwandeln.

Wir hatten uns kaum erhoben, als der Prinz atemlos am Eingang erschien. Er war seiner Tanzprinzessin nachgeeilt, rief etwas in die Finsternis hinein.

Wohlbehalten lud ich meine Last ab. Aus dem Gesicht meines Schützlings war der Frohsinn gewichen. Eilig stieg sie aus dem Kleid, den Schuhen, hielt mir beides hin. Dann fragte sie, und es schwang viel Hoffnung mit: „Morgen wieder..?“

Ich war nicht wenig überrascht. „Ja“, antwortete ich unsicher, „morgen...“

Sie streifte ihr altes Gewand über, beugte sich über die Feuerstelle, stieß mit spitzem Mund Luft aus. Funken stiebten und Schmutz. Dunkle Punkte setzten sich auf ihre Haut.

Draußen rumpelte der Wagen des heimkehrenden Clans in den Hof. Lautstark traten sie ins Haus, riefen nach Cindy. So erfuhr ich den Namen meines Schützlings. „Richte Brot und Wein! Hätte reichlicher sein können, das Mahl im Schloß... Wo steckt denn die Schlafmütze.“

Und jene, die noch vor ganz kurzer Zeit fröhlich und ausgelassen in den Armen des jungen Prinzen schwebte, war zurückgestoßen in ihr trauriges Los.

Ich flüsterte ihr zu: „Bis morgen!“, und für einen Augenblick schossen Freude und Röte über ihr Gesicht, bevor sie sich über die verschwollenen Füße einer ihrer Schwestern beugte, um jener die Schuhe abzuziehen.

Fast gleichzeitig mit den Gefährten traf ich beim Lander ein. „Noch zwei bis höchstens drei Tage, das genügt dann“, ordnete Bron an. Und wir wußten, es würde so sein. Mir war klar, daß es keinen vernünftigen Grund geben würde, uns länger auf dem Planeten aufzuhalten, zumindest nicht in dieser Gegend. Eine offene Kontaktaufnahme ergäbe keinen Sinn, das war die allgemeine Meinung. Sie würden uns zum Reich des Mystischen rechnen. Hilfe könnten wir nur wenig und dann ausschließlich punktuell gewähren. Es würde Jahrhunderte dauern, bis... Und dennoch befiel mich Trauer, als ich daran dachte, meinen Schützling in seiner unerfreulichen, tristen Umwelt allein zu lassen. Was für ein Leben...

Ich plädierte dafür, den folgenden Tag ähnlich wie den verflossenen zu verbringen. Den Gefährten war entgangen, daß sich das Fest fortsetzen würde. Es böte einen Querschnitt durch diese Gesellschaft, und man könne sich ja abends abermals dort treffen, empfahl ich.

Sran hatte – Kunststück, er brauchte ja nicht die Interessen wie ich zu verfolgen – im großen Haus einen Raum mit einem umfangreichen Datenspeicher entdeckt, gebundene dünne Blätter, eng mit Schriftzeichen bedeckt. Er wolle dort den ganzen Tag über kopieren, während der Reise müsse man versuchen, das auszuwerten. Überhaupt, die Gefährten empfahlen, das Haus zu durchstreifen, es sei eine Art Hort von Zeugnissen der hiesigen Entwicklung, die Wände seien voll von Abbildungen, sie zeigten Ereignisse und Würdenträger, Waffen... Der Hausrat unterscheide sich wesentlich von jenen, den man bereits in den Behausungen am Fuße des Berges angetroffen habe. Kurzum, wir einigten uns, das große Haus, das Schloß auf dem Berg, sei eine Art Zentrum der Macht, es gäbe eine Hierarchie in dieser Gesellschaft, die Führung liege da oben... Nun, einige meiner Erlebnisse ließen sich in dieses Schema einordnen, besser begreifen.

Am Vormittag also drang ich mit in das Großgehäuse vor. Neben Fotografieren und Registrieren galt meine Aufmerksamkeit einem Wandbild. Es zeigte eine Plus, schön, in einem superprächtigen Gewand. Das wär's wohl für den Abend! Ich kopierte, erdachte goldene Borten und zusätzlichen Zierrat, merkte mir die Schuhe und Zubehör und freute mich mächtig auf den Abend.

Als ich ziemlich zeitig ins Gehöft kam, herrschte dort bereits gereizte Aufbruchsstimmung. Man hatte sich noch mehr aufgeputzt, und es hagelte Verhaltensmaßregeln. Die könne man schon noch ausstechen, so ein dünnes, blutleeres Ding. Wer wisse schon, welcher Teufel das lanciert hat! Aber bestimmt komme sie gar nicht wieder. Dem Prinzen einfach davonzulaufen! Selbst wenn sie erneut so unverschämt und da sei, dürfte er sich mit so einer gar nicht mehr abgeben.

Natürlich sah ich sofort nach Cindy. Man hatte ihr diesmal boshaft aufgetragen, alle Feuerstätten des Hauses zu säubern, und entsprechend sah sie aus. Aber, fühlte sie sich unbeobachtet, schien sie gefaßt, ja, sie trällerte leise Töne. Sie vertraute mir! Ich fühlte mich angerührt und gleichzeitig gewissensgeplagt, sann nach wie vor, wie ich alles in der kurzen Zeit, die mir noch blieb, in ein rechtes Lot bringen könnte.

Kaum war das Gespann aus dem Hof, erschien ich ihr.

„Oh", sie strahlte mich an, „Mutter!" Sie berührte mich an

den Flügeln, drückte ihr Gesicht in die flauschigen Federn. „Daß du wirklich gekommen bist!“ Doch dann veränderte sich plötzlich ihr Gesichtsausdruck. Ihre Augen begannen zu schwimmen... „Er gefällt mir so gut, Mutter. Aber was soll werden! Ich will, darf ihn nicht mehr sehen... Außerdem, wenn die Stiefmutter nach Hause kommt, und ich bin mit dem Putzen nicht fertig...“ Sie senkte den Kopf, bot abermals ein Bild des Elends, aber – diesen Eindruck hatte ich unbedingt – irgendwo in ihr glomm ein Funke Hoffnung.

Wieder wußte ich nicht, ob ich richtig handelte: Ich ließ das Kleid entstehen nebst allem Zubehör. Zugegeben, es war das Feinste von allem, was ich auf den Bildern im Schloß und den tanzenden Plus gesehen hatte.

Sie rief „oh“, hob die Hände, um über die Pracht zu streichen, besann sich jedoch, als sie den Ruß an ihren Fingern und Armen gewahrte.

„Es wird alles gut“, log ich. „Wasch dich schnell, und ziehe es an. Du wirst wunderschön, die Allerschönste sein! Beeil dich, der Prinz wartet.“

Freude zog über ihr Gesicht. „Ja, Mutter, aber...“ Sie wies auf die Feuerstelle.

„Ich mache das!“ sicherte ich ihr zu.

Als sie ein wenig zweifelnd den Raum verlassen hatte, erzeugte ich einen spontanen Luftwirbel, ließ ihn in die Esse fahren und, nachdem er Asche und Ruß aufgenommen hatte, mit Wucht durch den Schornstein nach draußen entweichen, sicher, daß die Feuerstätte seit ihrer Inbetriebnahme noch nie so sauber war. Gleichermaßen verfuhr ich bei zwei weiteren Herden.

Wenig später stand Cindy vor mir, und ging man davon aus, die Bilder im Schloß stellten Schönheitsideale dieser Spezies dar, mein Schützling stach sie alle aus.

Zunächst verlief der Abend wie der vorangegangene. Der Prinz tanzte nur mit meiner Prinzessin, die in der Tat alle Aufmerksamkeit auf sich zog. Aber nach einer Stunde dirigierte er sie zu seinen Eltern und sagte: „Vater, Mutter, diese und keine andere wird meine Frau!“

Man fragte: „Wer bist du, schönes Kind? Man hat dich hier im Lande noch niemals gesehen..."

Da zog Feuerröte über das Gesicht der Kleinen. Ich spürte, die Sinne würden ihr schwinden. Doch da setzten die Tanzgeräusche ein, und der Prinz zog die Erschrockene zum Reigen. Er rief noch: „Gleichgültig, wer sie ist, sie wird meine Frau!"

Als sich das Fest zum Ende neigte, wurden Cindy und ich unruhig; denn der Prinz wich nicht von ihrer Seite. Als sie sich jedoch während eines Tanzes ein wenig von ihm entfernt hatte, inszenierte ich einen Tumult, indem ich einen Minus, der da gar arg hopste, zu Fall brachte. Schnell packte ich die Schöne und entfloh mit ihr.

Erst in ihrer Kammer stellten wir fest, daß ihr einer der prachtvollen, mit edlen Steinen besetzten Schuhe fehlte. Ich hätte zwar sofort einen neuen herstellen können, sah darin aber keinen Sinn.

Schnell und ängstlich zog sich Cindy um, sagte „oh!", als sie die blitzsaubere Feuerstätte sah, schaute dann mit großen Augen. „Was, Mutter, soll nun werden?" Und große Wassertropfen stürzten über ihr Gesicht.

„Na, er hat doch gesagt, du wirst seine Frau!"

„Ach, Mutter", und sie neigte traurig den Kopf. „Du weißt, daß das nicht geht."

Achtung! Kannte ich nicht genügend Zusammenhänge? Mir war überhaupt nicht klar, warum sie auf einmal nicht seine Frau werden sollte, nachdem er dieses so bestimmt behauptet hatte.

Doch Cindy half mir: „Nie würde die Stiefmutter es zulassen, daß ich... Ich bin nichts, habe nichts. Soll ich so...", sie wies auf ihr graues Kleidchen, „...vor den Prinzen treten? Seine Eltern würden mich davonjagen."

Aha! Ich dachte an die Hierarchie, aber auch daran, daß mir nur noch ein Tag verblieb. „Verzage nicht! Habe ich dir bis hierher beigestanden, werde ich wenigstens versuchen, es weiter zu tun. Allmächtig allerdings bin ich nicht." Und ich verschwand, weil es im Hof lärmte.

Es blieb mir nichts übrig: Ich gestand den Gefährten mein Dilemma, handelte mir damit eine Rüge ein, aber auch die Zusage, mir zu helfen. Nur wußte keiner, wie. Bron selber übernahm die Regie, und er schickte mich sofort zurück ins große Haus, um dort die Lage zu erkunden.

Ich tastete mich in einige Räume vor, die offensichtlich dem persönlichen Lebensbereich der Würderträger vorbehalten waren. Und in einem fand eine Beratung statt, die allein deshalb sofort meine Aufmerksamkeit erregte, weil mitten auf dem Tisch, um welchen der Prinz, seine Eltern und einige Minus in arg bunten Kleidern saßen, der von meinem Schützling verlorene Schuh stand.

Der Oberbunte faßte eine Order zusammen über Maßnahmen, die man am Folgetag sofort ergreifen wolle und die samt und sonders darin gipfelten, die Trägerin des Schuhs zu ermitteln. Zu diesem Zweck sollten alle Häuser in der Umgebung aufgesucht und dortige junge Plus mit dem Fußkleid konfrontiert werden. Denn, auch das wurde mir klar, die Identität meiner schönen Cindy war der Obrigkeit verborgen geblieben, worüber insbesondere die Mutter des Prinzen ihrem Gemahl gegenüber gröblichstes Mißfallen zum Ausdruck brachte.

Diese Information reichte mir; ich kehrte eilig zum Lander zurück.

Schon bei Tagesanbruch befanden wir uns auf dem Hof des Schlosses und erwarteten den Beginn der Kampagne. Der Prinz selbst erschien alsbald und erteilte Befehle. Sein Gefährt, ein leichter Wagen, eskortiert von auf den großen Vierbeinern hockenden Bunten, setzte sich in eine Richtung in Bewegung, die unseren Wünschen nicht entsprach. Schnell hatten wir uns verständigt, und mit einer leichten Psychotomie erreichten wir, daß man umlenkte. Wir gingen sogleich aufs Ganze und steuerten den Prinz in das richtige Gehöft.

Was uns, beziehungsweise mir entgangen war: Die alte Plus des Clans hatte mittlerweile den von mir am Abend dummerweise nicht entmaterialisierten Schuh Cindys in Besitz – wie das geschehen konnte, stand in den Sternen. Und schlau nutzte sie sofort ihre Chance. Logischerweise fielen die Begleiter auf den Schwindel rein, ungeachtet dessen, daß der Prinz starke Zweifel anmeldete. Die Alte nämlich wies auf eine ihrer Töchter, behauptete, diese sei die Ballschöne gewesen, der

Schuh beweise das. Der Prinz befahl schwach, Besagte solle auch noch den anderen anziehen. Eilfertig rannte man ins Haus, ich hinterdrein.

Cindy stand mit nassen Augen am Feuer, grau und devot, und blickte schicksalsergeben auf das Treiben.

Die Schuhe paßten nicht!

Aber mit Hilfe eines Holzes, mit den Fingern und Geschimpfe wurden die viel zu großen Füße hineingepreßt. Die junge Plus stöhnte, verdrehte die Augen, allein, das Ziel war verlockend. Mit einem erzwungenen fröhlichen Gesicht stelzte sie nach draußen, kaum in der Lage, sich aufrecht zu halten.

Mehr genötigt denn aus freien Stücken lud der Prinz die also Beschuhte, deren neiderfüllte Schwester und die Alte in den Wagen, und die Kavalkade schickte sich an, den Hof zu verlassen, überzeugt – oder auch nur zufrieden der Troß –, die Richtige gefunden und damit den Auftrag erledigt zu haben.

Sie hatten jedoch – wie konnten sie auch – nicht mit uns gerechnet. Während ich als Nachtvogel meinen Schützling abermals mit einem sehr schönen Gewand überraschte, hatte Sran einen Wagen materialisiert, der zwar ein wenig ungewöhnlich aussah, aber funktionierte, zwei Vierbeiner eingeschirrt, und das Ganze versperrte nun die Ausfahrt aus dem Hof.

Ich packte Cindy, die nicht wußte, wie ihr geschah, beschrieb mit ihr einen Umweg und setzte sie noch rechtzeitig genug in den Wagen.

Sran, der den Wagenlenker darstellte, vollzog – auf dem Ball abgeguckt – vor dem Prinzen eine mißglückte Verbeugung, der, ohnehin unzufrieden und nun ob der Störung zornig, seiner Eskorte wies, einzugreifen.

Sran deutete lächelnd auf den Inhalt seines Wagens.

Strahlend, mit gerötetem, nicht hundertprozentig sauberem Gesicht (zum Waschen war natürlich keine Zeit geblieben), saß sie da, meine Prinzessin.

Alles weitere verlief sehr schnell und bedurfte nicht unserer Regie.

Der Prinz sprang aus seinem Wagen, wies an, diesen zu räumen, eilte auf unser Gefährt zu, half Cindy beim Ausstei-